Lāčplēsis

tautas eposs, pēc tautas teikām sacerēts

Andrejs Pumpurs

Lāčplēsis (latvian)
Copyright © JiaHu Books 2013
First Published in Great Britain in 2013 by Jiahu Books – part of
Richardson-Prachai Solutions Ltd, 34 Egerton Gate, Milton
Keynes, MK5 7HH
ISBN: 978-1-909669-49-9
A CIP catalogue record for this book is available from the British
Library
Visit us at: **jiahubooks.co.uk**

I DZIEDĀJUMS
DIEVU SAPULCE

Zilajā debesu velvē,
Pērkona brīnišķā pili,
Kur mājo mūžīga gaisma,
Kur nemitas priecība jauka,
Sabrauca Baltijas dievi
Klausīties Likteņa tēvu,
Kurš baltas, nebaltas dienas
Gan nolēma raibajā mūžā.

Pērkona sirmajie zirgi
Stāvēja sedloti galmā:
Caur sedliem gaismiņa ausa,
Caur iemauktiem saulīte lēca.
Patrimpam kūlīšu rati,
Zeltoti stiebriņi spieķos;
Ar vaska dzelteniem zirgiem
Ir aizjūgti Patrimpa rati.

Pakola melnajie zirgi
Kaulainās kamanās jūgti,
No ribām balzoni, slieces
Un atzveltens, ilksis no stilbiem.
Antrimpam zvīnaiņi zirgi,
Zaļgani niedriņu rati;

No skaistiem gliemežu vākiem
Lokanais sēdeklis taisīts.

Līgo un Puškaitis abi
Sēdēja ziedaiņos ratos;
Ar ātriem spārnotiem zirgiem
Tie laidās caur varvīksnes vārtiem.
Dievu un Pērkona dēli
Pagalmā ieradās jāšus;
Tiem bija zeltoti sedli
Un iemaukti dimanta kalti.

Austra un Laima, un Tikla,
Daiļajās Saulītes meitas
Ar rožu vizuļu ratiem
Un spīdošiem kumeļiem brauca.
Daiļajās Saulītes meitas
Turēja zeltotus grožus;
Pār viņu celiņiem bira
Gan vizuļi sudraba, zelta!

Likteņtēvs mūžīgais, sirmais
Sēdēja dimanta klonā;
Pa labo Pērkons un Patrimps,
Pa kreisajo Pakols un Antrimps,
Tālāki Puškaitis, Līgo,
Dievu un Pērkona dēli;

Tad Austra, Laima un Tikla,
Un daiļajās Saulītes meitas;

Tad vēl pulks mazāko dievu
Ieņēma sapulcē vietas,
Jo visi labajie gari
Še varēja klausīties sanākt.
Likteņtēvs mūžīgais, sirmais
Pacēlās sēdeklī savā
Un vārdos tumšajos pauda
Viņš sapulcei lēmumu šādu:

"Aizmūžā notika brīnums!
Dzemdēja jaunava Gaisma,
Un varens dieva dēls nāca
Virs pasaules noliktā laikā!
Mācīja vareni, jauki
Cilvēkiem dievību atzīt
Un pašiem tikumos augstos
Kā dievībai līdzīgiem dzīvot.

Ļaunajie turējās pretim,
Pēdīgi nokāva viņu;
Bet pekle nespēja turēt
Pie sevim to tumšajā varā:
Varenais cēlās no nāves,
Uzbrauca godībā augšām!

Tā vārds gan zināms jums visiem,
To pasaulē nosauca - Kristus.

Drīzumā mācības labās
Pieņēma pasaules tautas;
Tik žēl, ka cilvēki paši
Tās grozīja ļaunīgā prātā.
Nolemts ir Baltijā arī
Kristīgo ticību ievest,
Bet dieviem atļauts ir locīt
Pēc iegribas cilvēku prātu!"

Pērkons nu pacēlās, teikdams:
"Likteņa lēmumam nākas
Ir dieviem padoties pašiem;
Bet apsolos tomēr pie sevim
Apsargāt latviešu tautu.
Mācības atvēlu labas.
Nav Kristus mācība jauna,
Iz austruma pamati viņai.

Ticības nesējiem šeitan
Nolūki citādi priekšā:
Tie gribēs Baltijas zemi
Sev iekarot, kalpināt tautu.
Centieniem šādiem es būšu
Pretim un tādēļ, tik tiešām

6

Kā es tos akmeņus šķeļu
Un stiprākos ozolus spārdu,

Agri vai vēlākā laikā
Zibiņiem satriekšu visus,
Kas manu latviešu tautu
Še kalpināt, nospaidīt dzīsies!
Vasarā, Ziedonim nākot,
Auglīgu lietiņu došu,
Pa dienām tīrīšu gaisu
Un naksniņā uguni šķilšu;

Vienumēr tuvumā būšu
Dabā es latviešu tautai;
Tā dzirdēs Pērkona balsi
Un nezaudēs Pērkona vārdu!
Vēlēju arī jums citiem
Darīt šai priekšzīmei pakaļ
Ik katram savējā vietā
Un savējā noliktā kārtā!"

Patrimps nu pacēlies teica:
"Baltija maizītes zeme,
Bet zelta briedušas vārpas
Tik vienīgi latviešiem došu;
Latvieši Baltijas druvās
Bagātus pļāvumus savāks,

Bet svešajo arkli un griezes
Gan celmaiņos līdumos lūzīs!"

Antrimps tad sacīja tālāk:
"Baltijas Baltajā jūrā,
Kur plosās Ziemeļa vēji
Un viruļo paslēptas radzes,
Svešajo naidnieku kuģus
Dragāšu Baltajā jūrā,
Līdz reizi Baltijas karogs
Ies, plivinās pasaules jūrās!"

Vēlāku Pakols tad teica:
"Peklē būs svešajiem vieta,
Bet latvju varoņu gari
Jo projām pa Baltiju lidos,
Ziemeļa blāzmā un baigos
Kaudamies, svešajos baidīs,
Bet, Veļos nākdami, svētīs
Tie latviešu īstajos dēlus!"

Kad šādā kārtībā visi
Pērkonam solīj'šies bija,
Tad Līgo pacēlās beidzot
Un sapulcē runāja šādi:
"Skaitos gan īsti pie dieviem
Mazākiem latviešu tautā,

Bet Likten's nolēmis manim
Pie tautības mīļāko vietu:

Uzturēt dziesmības garu
Tautiešiem visādos laikos
Un locīt, jūsmināt sirdis
Caur sērām un priecīgām
dziesmām.
Līgo vārds nezudīs arī
Mūžīgi tautiešu mutē,
Ja vecā dievība šeitan
Ar citādi aizmirsta tiktu,

Tad tautas dailīgās dziesmās
Tiksiet jūs slavēti visi,
Tu, Pērkon, Laimiņa, Tikla
Un dievdēli, Saulītes meitas.
Šie vārdi, vareni dziesmās;
Vēlāki modinās tautu
No jauna gaismotā garā,
No jauna iet brīvības karā!"

Sapulce gāja uz beigām,
Dievi jau gribēja šķirties,
Kad Staburadzīte nāca
Un pēdīgi prasīja runāt;
Sacīja: "Nāku no mājām;
Nesdama dieviem par vēsti,

Kas šonakt gadījās manim
Pie atvara vecajiem vārtiem:

Sēdēju, vērpdama miglu,
Naktī uz Stabraga klintes;
Jau spole pietinās pilna
Un gaiļu laiks nebija tālu,
Te redzu lidojot gaisā
Jājošas raganas divas;
Uz līkiem ozola bluķiem
Tās laidās pār Daugavu pāri.

Piepeši nometa viņas
Atvarā jājamo bluķi;
Uz otra sēdušās abas,
Tās aizskrēja ātrumā projām.
Gribēju palūkot, zināt,
Kādēļ gan viņas tā dara,
Es laidos atvarā iekšā
Un ievilku bluķi pie sevis.

Bet kā es brīnījos, redzot
Caurajā viducī bluķī
It skaistu jaunekli guļot,
Kurš apreibis, apģībis bija;
Izvilku jaunekli bluķim,
Ienesu kristalu pilī,

Tam sausas apģērbu drēbes
Un ieliku gliemežu gultā.

Tiklīdz kā dzīvības zīmes
Pirmajās manīju, nācu
Tev ziņot, Pērkoni lielais,
Un tālāku pavēli saņemt.
Zināms, ka atvarā kritis
Cilvēks par akmeni paliek:
Caur šādiem akmeņiem pieaug
Mūs' Staburags lielāks un lielāks.

Gribētu jaunekli tagad
Augšām pa pilsvārtiem vadīt,
Tad Likten's sasniegtu viņu -
Par akmeni paliktu mūžam.
Tādēļ es vēlētos viņu
Paturēt vienād' pie sevis;
Tas manā kristalu pilī
Gan varētu laimīgi dzīvot."

Dzirdot šo Stabradzes vēsti,
Sacīja skarbajā Tikla:
"Nu Staburadzītei laikam
Reiz apnicis mūžīgais mīļais,
Apnicis ilgāki raudāt,
Asarām slacināt klinti, -

Tā vēlas cilvēku dēlu,
Ko pavadīt mīlīgus brīžus."

Stabradze nosarka ļoti,
Dzirdot, kā pārmeta Tikla.
"Ne tādēļ, skarbajā Tikla,
Es vēlējos jaunekli izglābt;
Apstākļi šeitan, man liekas,
Savādi nekā ik dienas:
še dievu svētītais cīnās
Pret dažādiem tumšajiem
spēkiem!"

Laima še sacīja starpā:
"Manim ir jāzina likten's,
Es tādēļ redzēšu pati,
Ko darīšu jaunekļa lietā." -
"Sievišķi, paliekat mierā!"
Uzsauca pēdīgi Pērkons.
"Šis staltais jauneklis iraid
Mans svētītais augstākam mērķim,
-

Raganas atvarā meta
Lāčplēsi, Lielvārda dēlu.
Ka laikā jaunekli glābi,
To, Stabradze, darīji labi!
Pasteidzies tagadiņ mājās,

Apkopi, spirdzini viņu!
Tad vedi pilsvārtiem cauri,
Kaut tas ar par akmeni paliek!

Vēlāk tu rūpēsies, Laima,
Jaunekli vadīt caur likstām,
Līdz kamēr lēmumu savu
Tas piepildīs varoņa mūžā!"
Sapulce tagad bij slēgta,
Izšķīrās Baltijas dievi;
Vai Likteņtēvs mūžīgais, sirmais
Tos pulcēs vēl kādureiz kopā?!

II DZIEDĀJUMS

LĀČPLĒŠA PIRMAIS VAROŅA DARBS - LĀČPLĒSIS DODAS CEĻĀ UZ BURTNIEKU PILI - AIZKRAUKĻA MEITA - VELNA BEDRE - STABURADZE UN VIŅAS MEITIŅA - KOKNESIS

Sensenos laikos Baltijas zemē,

Kur teka Daugava līčotiem krastiem,

Kur miežu līdumi liesmoti dega,

Dzīvoja laimīga latviešu tauta.

Daugavas malā, Ķeguma galā,

Kur Rumbas upīte, Daugavā krītot,

Caur klintīm izlauza dziļajas gravas,

Stāvēja slaveno Lielvārdu pile.

Gadījās kādā jaukajā dienā,

Kad Ziedon's smaidīja tēvijas ārēs

Un modrie dzīvnieki kustēja dabā,

Cēlušies spirgti pēc Ziemeļa miega,

Jaunekļu, meiču gaviles jaucās

Ar putnu dziesmiņām blāzmotā rītā, -

Tie juta dzīvības jaukumu pilnam

Dabīgā brīvībā, Ziedoņa laikā.

Lielvārdes kungs staigāja laukā

Ar dēlu abi šai jaukajā dienā.

Jau astoņpadsmitā vasara bija

Nākusi jaunajam mantniekam tagad.

Mācīja vecais jaunajam atzīt,

Cik tuvu dievība parādās dabā

Iekš viņiem vareniem, brīnišķiem spēkiem

Debešos, ūdenī, mežā un laukā.

Runājot viņi nākuši bija

Pie tuvas mežmalas, ozolu ēnā;

Te vecais nosēdās, piekusis būdams,

Ozolu apakšā zaļajā zālē.

Piepeši lācis izlec no meža

Un metas dusmīgi vecajam virsū, -

Tam laika nebija turēties pretim,

Pēdīgo bridi jau nākušu domā.

Ātrumā pieskrien jaunākais klātu

Un lāci saķer aiz vaļējiem žokļiem, -

Ar lielu stiprumu zvēru tas pārplēš

Viducī pušam kā kazlēnu kādu.

Redzēdams tādu varenu spēku

Pie dēla, vecākais saka uz viņu:

"Tu tiešām izredzēts varonis būsi,

Kā jau ir sludināts tevim

11

papriekšu.

Šodien priekš astoņpadsmitiem gadiem
Pienāca laiviņa Daugavas krastā.
No laivas izkāpa cienījams vecis,
Turēdams rokās tas puisēnu mazu,
Jaunekļa soļiem devās uz pili
Un manim vēstīja likteņa prātu:
Šo mazo puisīti pieņemt par dēlu,
Audzināt viņu par mantnieku savu.

Cienījams vecis Vaidelots bija
Un teica atradis dziļajā mežā
Pie kādas lācenes pienīgām krūtīm
Zīžot šo dīvaino cilvēku bērnu,
Kuram, kā teica, nolemts no dieviem
Par tautas varoni vēlāki palikt,
Priekš kura vārda vien bīšoties visi
Tautiešu ļaundari nākamā laikā!

"Rietruma pusē vareni gari,"
Tas teica, "sacēlās Pērkonam pretim,
Kā baigi briesmīgi krustaiņiem ragiem
Debešos viņi pret austrumu bada.
Dievi gan karos, dievi gan dzīvos,

Bet mūsu tautieši brīvību zaudēs,
Un mūsu slavenie varoņi kritīs,
Cīnoties svešajiem naidniekiem pretim.

Vaidelots būdams, dzīvoju ilgi
Pie Krīva svētajā Romoves birzē;
Gan simtas priecīgas, skumjīgas vēstis
Nonesu virsaišiem, nonesu tautām.
Pēdīgo reizi grūtāko vēsti
Tev daru zināmu, Lielvārdes kunigs!
Nevienas nebija grūtākas manim
Darāmas ilgajā dzīvības mūžā!

Nesēro daudzi, slavenais tautiets:
Pēc gadu simteņiem modīsies tauta,
Un sevim brīvību izkaros atkal,
Pieminot vectēvu slavenos darbus.
Nolicis Liktenis neredzēt manim
Gan savu tautiešu grūtajo jūgu -
Raug, Saule grimdama aicina mani,
Baltijas zeltotā saulīte noiet."

Teicis šos vārdus, Vaidelots gāja
Un, laivā iesēdies, brauca uz leju.

Es domīgs skatījos, aizgrābtu sirdi
Krastmalā stāvēdams, braucējam pakaļ.
Daugavā krāca Ķeguma straume
Un laivu mētāja draudošiem viļņiem;
Jau saules pēdējie stariņi laidās -
Laiva ar īrēju pazuda straumē!

Mūžībā pēc tam aizgāja gadi,
Es svēti pildīju Likteņa prātu.
Par staltu jaunekli pieauga puisēns,
Vaideļa dāvināts, - tu pats tas esi!
Lāčplēsi sauksim tevi joprojām,
Lai paliek vārds šis par piemiņu šodien,
Ka tēvu izglābi nelaimes brīdī,
Rādīdams pirmo varoņa darbu.

Kumeļu staltu, sedlotu koši,
Un smagu zobenu rītā tev došu,
Ir šķēpu, vairogu, sudraba piešus,
Pušķotu cauņādas cepuri arī.
Izrīkots šādi ceļā tu dosies
Uz mūsu slaveno Burtnieku pili
Pie mana agrākā jaunības drauga
Vecaja kuniga Burtnieku pilī.

Sveicini viņu, sacīdams viņam,
Ka esi vecaja Lielvārda mantnieks,
No tēva sūtīts še mācīties ziņas
Slaveno Burtnieku gudrības skolā.
Laipnīgi Burtnieks vecajā pilī
Tad tevi uzņems un izrādīs arī,
Kur šķirstos glabājas svētajie burti,
Dodami ziņas par likteni tumšo.

Svētajie burti tikumus māca
Un stāsta teikas par austruma zemi,
Un apdzied latviešu varoņus dziesmās,
Dievības, ticības dziļumus atklāj.
Visas šās ziņas un vēl daudz citas,
Tur būdams, mācīsies septiņos gados;
Tu arī redzēsi, kari kā jāved,
Kautiņos līdz iesi naidniekam pretim."

Otrajā dienā apsedlots kumeļš
Pie durvīm stāvēja Lielvārdes pilī.
Ar smago zobenu apjozās Lāčplēsis,
Paņēma šķēpu un vairogu savu,
Uzlika cauņu cepuri galvā

Un, priekšā nostājies vecajam tēvam,

Ar dieviem sacīja, dodamies ceļā, -

Šķiršanās īsa un sirsnīga bija.

"Lielvārdu cilts ir slavena tautā,"

Tēvs dēlam sacīja, mācību dodams,

"Daudz mūsu priekš'tēvu varoņi bija,

Nekādi traipekļi nepielīp viņiem.

Lāčplēsi, dēls mans, tevim ir arī

Gan nolemts gods šis no Likteņa tēva;

Ja pats vien cītīsies nolūku panākt,

Dievi tad apsargās, uzturēs tevi.

Pasaules viltus jaunekļus māna,

Bet paši jaunekļi liekas sev' mānīt:

Nedari tādēļ, kā citi tev māca,

Bet tā, kā citi tev padoma prasa.

Taisnību zināt diezgan ir grūti,

Bet grūtāk nākas vēl taisnību sacīt.

Kas dzīvē pārvar šo grūtumu darbos,

Cilvēku augstāko tikumu panāk!

Paturi cieņā ierašas tautā,

Jo projām vectēvu ticību sargā!

Bet svētiem liekuļiem neklausi tomēr,

Tādēļ ka māca pret brīvības garu.

Labumu savu meklējot, viņi

Izrauga upurus dievības vārdā;

Bet vēlāk ar jodu nāvīgām zālēm

Tuvojas viņiem un pēdīgi nokauj.

Latviešu tauta tēvijā savā

Vēl tagad neatzīst dzimušus kungus:

Tā pati izvēlē vadoņus karā,

Vecākos tiesnešus mierīgos laikos, -

Zināms, tik tos, kuri krietnajos darbos

Pie tautas parāda cienību savu,

Tos viņa godina, cienī un beidzot

Apdzied kā varoņus dailīgās dziesmās!"

Nopietni Lāčplēsis klausījās tēvu.

Caur viņa sirsnīgiem mācības vārdiem

Tas augšup cildītas sajuta krūtis,

Sajuta spēcību dzīties pēc mērķa,

Tādēļ tas solij' ievērot visu,

Tad tēvu apkampa, spieda tam roku

Un, sedlos uzlēcis, cepuri celdams,

14

Vairogu vicinot, aizjāja projām.

*

Aizkrauklis sēdēja pili pie galda,
Atspiedis galvu, nogrimis domās:
Spīdala, viņa vienīgā meita,
Rotājās gredzeniem, krellēm pie loga;
Jaunekle īsta skaistule bija,
Tumšbrūnām, zvēroti dedzīgām acīm.

Tomēr tai trūka tāds mīlīgais jaukums,
Pievilkdams liegi jaunekļu sirdis.
Ātrumā māna dedzīgās acis,
Bailīga lieta ir skatīties tādās.
"Spīdala," vecais uzsauca viņai,
Paceldams lēnītēm domīgo galvu,

"Gribēju pavaicāt tevi arvienu:
Kur tu šās krelles, gredzenus ņemi,
Kuriem tā ļoti greznoties mīļo?"
Spīdala satrūkās, varēja redzēt,
Negaidīts nāca jautājums viņai;
Tomēr tā ātrumā atteica tēvam:

"Manim tos dāvina vecaja kūma,
Nākdama ciemā, viņai ir mājās
Zeltītās lādēs daudz tādu mantu." -
"Mīļaja meitiņ," sacīja vecais,
"Nevaru atļaut tevim joprojām
Dāvanas saņemt no vecajas kūmas,

Vecaja kūma, kā ļaudis runā,
Ragana esot, barojot pūķi,
Dodot tam arī cilvēku gaļu;
Pūķis tai pienesot visādas mantas,
Visas šās mantas burvības pilnas,
Godīgai meitai tās neklājas valkāt!"

Spīdala skatījās laukā caur logu,
Slēpdama savu sarkstošo ģīmi,
Un, it kā tēva izteiktos vārdus
Nedzirdot, sacīja meita uz viņu:

"Mūs, tēv, gan viesis apmeklēs šodien,
Lūk, kur jauns kareivis iejāj pa vārtiem."

Vientuļa stāvēja Aizkraukles pile,
Attāļu nost no Daugavas krasta;
Dziļajos mežos dzīvoja lāči,
Vilki un pūces tur kauca pa naktīm.

Nedrošas tekas cauri še veda,
Reti kāds ceļinieks nonāca pilī.

Spīdala tādēļ ar brīnījās, redzot
Mežmalā kādu jātnieku, staltu
Kumeļu valdot, jājot uz pili.
Aizkrauklis piegāja arī pie loga,
Gribēdams redzēt, kas tas par
viesi.
Pagalmā turēja kumeļu Lāčplēs's.

Jauneklis klanījās laipni pret logu,
Teikdams, ka ceļā uz Burtnieku pili
Kaimiņam mīļi nakts māju lūdzot.
Aizkrauklis nosteidzās Lāčplēsim
pretim,
Teikdams, ka labprāt redzot pie
sevis
Slavenā kaimiņa Lielvārda dēlu.

Lāčplēs's iz sedliem nolēca vingri,
Apsveica veci, roku tam
spiezdams,
Kumeļu puišiem atdevis, gāja
Lielajā istabā Aizkrauklim līdzi.
Spīdala nāca abējiem pretim,
Jauneklim tirpuli gāja pār kauliem.

Skaistumu tādu tas nebija redzēj's;

Spīdalas acis raudzījās droši,
Burvīgas liesmas spīdēja tanīs,
Roku kad dodama jauneklim teica:
"Sveicinu tevi, kareivi staltais,
Priecājos nākošo varoni redzēt!"

Lāčplēsim pateicot kļūdījās vārdi;
Spīdala smaidot apgriezās apkārt
Glodenes kārtā, ātri un viegli,
Skatījās atkal no jauna tam acīs,
Kurš tik vēl nule redzēja viņas
Augumu daiļo un greznotu rotu.

Meitenes dīvaini lunkanā daba
Jaunekli tīri mulsināt sāka,
Līdz kamēr vecais vēlēja beidzot
Spīdalai gādāt par azaidu krietnu.
Jaunavai ejot, Lāčplēsim arī
Vieglāki palika tūliņ ap sirdi.

Azaidu ēdot, tas tērzēja daudzi,
Spīdalai krietni atteikdams pretim.
Bailīgais bridis pārgājis bija -
Jauneklis, klausīdams labākai
balsij,
Bruņojās pretim asajām bultām,
Šautām iz Spīdalas zvērošām acīm.

Nakts pa tam tuvojās, nemiera
pilna

Spīdala cēlās augšām no galda,

Teikdama, - viņa radusi esot

Apgulties, iekām vēl pusnakts
nākot;

Lāčplēsis arī noguris būšot,

Tādēļ to vadīšot guļamā vietā.

Labunakt vecajam Aizkrauklim
teicis,

Jauneklis gāja Spīdalai līdzi.

Tā viņu veda otrapus pilij

Greznotā guļamā istabā iekšā,

Teikdama smīnot: "Lāčplēša
varon's,

Gulēsi tu še kā dieviešu klēpī."

Lāčplēsim tiešām ar brīnumi bija:

Gulta kā sniega kupana, baltiem

Palagiem klāta, purpura segiem,

Asiņu sarkaniem, spīdēja pretim.

Smaržota vēsma istabā laidās,

Pamazām apņēma jauneklim
galvu.

Spīdala rādījās pati tik skaista,

Burvīgi skaista, vildama ļoti,

Aizmirsdams visas labākās jūtas,

Jauneklis iekarsis izstiepa rokas, -

Tumšota ēna laidās gar logu,

Spīdala pazuda viņam iz acīm!

Pusnaktī mirdzēja zvaigznīšu pulki

Debesu velvē, spīdēja mēness,

Sudrabu bālo kaisīdams lejās.

Lāčplēsim istabā nospieda krūtis,

Atvēris logu, skatījās laukā,

Elpodams vieglaju, tīraju gaisu.

Te viņam izlikās atkal, ka ēnas

Aizietu gaisā mēnesim garām.

Vai varbūt jodi un raganas skraida,

Pusnaktī dzīdami tumsības
darbus?

Spīdala kādēļ nozuda ātri?

Lāčplēs's te apņēmās nolūkot viņu.

Rītā tas vecajam Aizkrauklim teica,
-

Patīkot viņam ļoti šā pilī,

Tādēļ tas gribot dieniņas kādas

Palikt vēl labajā kaimiņu mājā:

Aizkrauklis labprāt vēlēja palikt

Jaunajam viesim un atpūsties
krietni.

Nākošā vakarā Spīdala teica, -
Ciemiņš nu tagad istabu zinot,
Apgulties varot, kad vien tam tīkot;
Vēlējot šī viņam mierīgu dusu.
Lāčplēsis arī, labunakt teicis,
Drīzumā ieradās istabā savā.

Bet pēc tam klusiņām izgāja laukā,
Apslēpās tumsā sētsvidus kaktā, -
Durvis še labi varēja redzēt,
Nolūkot gājējus iekšā un ārā.
Pusnaktī lēni atvērās durvis,
Spīdala nedzirdot iznāca laukā.

Viņa bij tērpusies uzvalkā melnā,
Kājās bij autas zeltotas kurpes,
Vaļējie mati plīvāja gaisā,
Ugunim līdzīgas zvēroja acis,
Uzacis garās sniedzās līdz zemei,
Rokā tā turēja burvekļu spieķi.

Sētmalā gulēja līkumains bluķis.
Spīdala gāja, sēdās tam virsū,
Burvekļu vārdus murminot, sita
Trīs reiz ar spieķi pa līkajo bluķi,
Piepeši gaisā pacēlās bluķis,
Ragana šņākdama aizskrēja gaisā.

Lāčplēsis stāvēja sētmalā ilgi,
Lūkojās velti Spīdalai pakal.
Labprāt tas būtu aizskrējis līdzi,
Redzējis jodu un raganu darbus;
Bet priekš tam trūka varonim spēka, -
Noskumis devās tas istabā iekšā.

Lāčplēs's no rīta, pa sētsvidu iedams,
Redzēja bluķi vecajā vietā;
Aplūkoj's tuvāk, ierauga bluķa
Viducī izdobtu caurumu lielu,
Varēja cilvēks viegli tur ielīst.
Lāčplēsim nodoms te drīzi bij gatavs.

Vakarā, atkal kad Spīdala šķirās,
Lāčplēsis steidzās istabā savā;
Uzlika cauņu cepuri galvā,
Apjozies zobenu, izgāja laukā,
Ielīda bluķa caurumā iekšā,
Mierīgi gaidīdams Spīdalu nākot.

Un atkal pusnakti Spīdala nāca,
Tērpusies melnā raganu rotā;
Sēdās uz bluķi, trīs reiz ar spieķi

Uzsita, murminot burvekļu vārdus.
Ozola bluķis pacēlās gaisā,
Aizskrēja pāri par Aizkraukles mežiem!

*

Reizi pašā sākumā zvēri, putni runāja,
Daugavu rakti Pērkons viņiem vēlēja.
Visi zvēri, putniņi kopā nāca strādāt:
Lauzt, grauzt, kasīt, plūkāt un knābāt;
Pāvs vienīgs neraka, kalna galā sēdēja.
Velns, garām iedams, pāva putnu vaicāja:
"Kur tie citi kustoņi, zvēri, putni, lopi?" -
"Visi zvēri, putniņi Daugavu roka." -
"Kādēļ tu viens negribi arī iet pie rakšanas?" -
"Netīk manim slapināt dzeltenās kājiņas."
Velns ar pāvu nogāja Daugavas lejā,
Bezdibena bedri raka upes ceļā, -
Acumirklī bedrē iegāzās Daugava!

Zvēriem, putniem bailēs pazuda valoda,
Viņi sāka ākstīties, badīties un lēkāt
Un tur klātu dažādi sliktos balsos brēkāt:
Lāči rūca briesmīgi, vilki, suņi gaudoja,
Cūkas dikti rukšķēja, vērši dobji bauroja,
Kaķi žēli ņaudēja, zirgi skaļi zviedza,
Visas pūces klaigāja, visi strazdi spiedza,
Dzeguzes kūkoja, visi ūpji dūkoja,
Sīki, mazi putniņi viņiem starpā dziedāja.
Sacēlās dumpis, visu lielais troksnis,
Līdzi kamēr debesīs dzirdēja Pērkons,
Un, par velnu apskaities, Pērkons meta zibiņus,
Līcī garām aizgrieza Daugavas ūdeņus;
Kalns ar stāvu krastu bedrei apkārt cēlās.
Pāvam no šī laika tika melnas kājas!
Ļaudis no šīs vietas tagadiņ vēl sargājas:
Ceļiniekiem ejot naktī spoki parādās,

Māna bedrē iekšā, dara viņiem
ļaunu,

Tādēļ ar to nosauca "Velna bedres
kalnu".

Šinī pašā vietā nolaidās Spīdala,

Kad bij diezgan skrējusi augšā
zvaigžņu klajumā.

Viegli nebij Lāčplēsim caurajā
bluķī:

Apkārt viņiem locījās astaini pūķi,

Tumšā naktī skriedami, naudu,
mantu nesdami,

Ugunīgas dzirksteles viņam virsū
pūzdami.

Arī citas raganas piebiedrojās
augšā,

Galva reiba Lāčplēsim, aizturējās
dvaša,

Kustēšana mazākā tiktu pamanīta

Un tad viņa dzīvība laikam
netaupīta.

Nolaidušās raganas gāja velna
bedrē,

Jājamos bluķus atstādamas zemē.

Divpadsmit bluķi kalna galā gulēja,

Divpadsmit raganas velna bedrē
iegāja.

Lāčplēsis arī atspirga drīz atkal,

Devās bedrē iekšā raganām pakal.

Dziļa, bieza tumsība velna bedrē
valdīja

Un ap galvu milzīgi sikspārņi
skraidīja;

Beidzot kādu gaismu ieraudzīja
spīdam;

Turpu ejot, notika tas līdz lielam
namam.

Tanī bija visādas ērma lietas
piekrautas,

Kuras visas nevar tikt ar vārdiem
nosauktas:

Miroņu galvas, kauli, mati, nagi,

Vilkatu kažoki, ģīmji, zobi, ragi,

Pavārnīces, katli, veci podi,
vērpeles,

Maisi, ķipji, režģines, ķērnes,
piestas, grezeles,

Slotas, dakšas, āmuri, apdeguši
kruķi,

Ratu rumbas, grābekli, kāši, veci
striķi,

Rakstāmas ādas, tīksti, melnās
grāmatas;

Kādā kaktā sakrauti stādi, zāles
kaltētas;

Plauktos bija saliktas vāceles,
kārbas,

Zāļu podi, kausiņi, kubuliņi, cibas.

Pašā nama viducī uguns dega
pavardā,

Atspīdēja sienas nejaukākā
gaišumā;

Liels katlis vārījās, uzkārts līkā kāsī,

Uguni čurdīja krupji, melni kaķi;

Čūskas, odzes, rupuči lodāja kaktos,

Melnas pūces, siksparņi skraidīja dūmos.

Lāčplēsis iegājis zāļu čupās paslēpās,

Bet tai pašā brīdī arī krietni satrūkās,

Jo uz reizi kustoņi sāka troksni taisīt:

Šņākt, dūkt, svilpot, kvarkstēt un kurkstēt;

Drīzi arī ieskrēja iekšā vecā ragana

Tur pa sānu durvīm iz tālākā kambara,

Bet, neviena neredzot, apsauca mošķus:

"Kāds jūs negaiss dzenā šeitan, tādus draņķus?

Gan, kas šeitan ienācis, arī kaklu nolauzis."

Tūdaļ visi neģēli drīzumā apklusa.

Ragana paņēma pavārnīcu rokā,

Maisīja katlā, teica: "Jāsauc kopā

Meičas vakariņās, gaļa izvārīj'sies."

Tad par katla malu sita trijās reizēs, -

Ienāca iekšā divpadsmit meitenes,

Saņēma ēdienu, pasniegtu no vecenes;

Katra daļu desas, gabaliņu gaļas.

Lāčplēsim kā likās, sivēnu gaļas.

Tālāk durvis veda citā lielā kambarī,

Tur bij visas sienas, grīda, griesti sarkani;

Kambara vidū stāvēja liels klucis,

Un uz kluča nolikts bij kāds sarkans cirvis;

Citādi pavisam telpas tukšās atradās.

Tālāk tomēr bija atkal durvis redzamas,

Kuras kādā citā kambari aizveda;

Turp ar gaļas podiem raganas aizgāja.

Lāčplēsis klusiņām gāja viņām pakaļ.

Redzēja aiz durvīm kambari atkal -

Tur bij galdi, krēsli, visas lietas baltotas,

Tāpat arī sienas likās baltas baltotas.

Vienā galā stāvēja divas baltas krāsnis,

Vienā krāsnī ogles, otrā baltas pupas.

Raganas pie galda ēda vakariņas,

Un pie tam ne vārda nerunāja viņas:

21

Tālāk atkal durvis gāja kādā kambarī:

Tur bij augstas velves, lieli, augsti pīlari,

Dzeltenā krāsā parādījās telpas.

Kambarī stāvēja divpadsmit gultas.

Paēdušas raganas ņēma savus podiņus,

Nokopa galdus, nolasīja kauliņus.

Vecene teica: "Iesim tagad kukņā,

Lai es jūsu acis redzīgas daru;

Precnieki drīzi šeitan ieradīsies,

Līgavām tādēļ vajag sataisīties."

Lāčplēsis nu steidzās tām pa priekšu kukņā,

Noslēpās atkal tas aiz zālēm kaktā.

Vecene paņēma kādu zāļu podiņu,

Smērēja acīs zāles tām ar spalviņu,

Pēc tam atkal visas aizgāja no kukņas, -

Acis tām bij tagad padarītas gaišas.

Lāčplēsis lūkojās tagad pēc Spīdalas,

Bet to nepazina - visas bija vienādas;

Viņš to zāļu podiņu bija vērā licis

Un ar sevim zāles iesmērēja acīs, -

Tūdaļ it kā migla tam no acīm nokrita,

Un viņš visas lietas tagad skaidri izšķīra:

Lielajā katlā vakariņu paliekās

Ieskatot redzēja mazu bērnu rociņas,

Un, kur agrāk domāja redzējis desas,

Bija melnas čūskas, sulā izvārītas.

Tālāk ejot, redzēja viņš, ka pirmā kambara

Grīda, griesti, sienas bij no tīra kapara;

Un uz kluča gulēja kapara cirvis,

Nevarēja saprast, ko ar viņu darīs.

Tālākais kambars bij no tīra sudraba,

Tāpat visas lietas, galdi, krēsli, lukturi;

Sudraba skapji bija abas krāsnis,

Vienā zelta rotas, otrā dārgas pērles.

Tālāki pēdējā, trešā, lielā kambari,

Mirdzēja no zelta sienas, velves, pīlari;

Zelta gultas stāvēja pīlaru starpās,

Purpura segiem viņas bija segtas.

Sudraba kambarī raganas novilka

Savus garos uzvalkus, it kā pirtī iedamas,

Kājās vien tik bija visām zelta kurpes,

Vecene iz skapjiem ņēma saktas, sprādzes,

Meitenēm ap kaklu, rokām aplikdama,

Viņu slaidos matus pērlēm rotādama.

Lāčplēsim par brīnumu, netik vien Spīdala,

Bet daudz citas bija tagad pazīstamas;

Visas viņas mirdzēja zelta, pērļu rotās,

Visas bija burvīgi, jodiski skaistas!

Pušķoties beigušas, uzvalkus paņēma,

Kapara kambarī visas līdzās izgāja,

Apstājās ap kluci visas apkārt riņķi;

Spīdala ar uzvalku apsedza kluci,

Paņēmusi cirvi, cirta virsū spēcīgi;

Pie tam viņa teica šādus vārdus spītīgi:

"Šodien pirmā cērtu, rītā nepazīšu!"

Tūdaļ laukā izlēca kundziņš kāds no kluča,

Apkampa Spīdalu, abi kopā aizlaidās

Prom uz zelta kambari, kur bija gultas gatavas.

Citas tāpat darīja, un drīz bija visaspriekšā, - cirvis.

Līdz ar saviem kundziņiem projām Līkcepure brauca līdz ar veco

otrā galā.

Tiem bija mugurā melni samta svārciņi,

Uzvilkti kājās zābaciņi spīdoši,

Trīsstūra cepures uzliktas galvā,

Bet aiz ausīm redzami bija mazi ragi.

Pēc tam pati vecene teica, klucī cirzdama:

"Šodien cērtu pēdīgā, rītā nepazīšu."

Tūdaļ šņākdams iznāca laukā Līkcepure

Jeb, kā ļaudis sauca, klibais Nagcepure,

Lielākais jodu, raganu virsait's,

Pazīstams no līkās cepures ar širmi,

Taisītu no cilvēku nogrieztiem nagiem.

"Vai jau viss ir gatavs?" prasīja tas raganu.

"Gatavs, kungs," tā atteica vecene tam pretim.

Līkcepure cirta klucī cirvi vareni:

Acumirklī piešķīda kambars pilns ar uguni,

Un par zelta ratiem pārvērsās klucis

Un par pūķi, aizjūgtu ratiem

raganu,

Caur' uz zelta kambari, tur tie ratus turēja.

Pūķis zemē nogulās, atpleta rīkli

Un iz mutes izgrūda dzirksteles un dūmus.

Jaunie pāri uzcēlās, troksni dzirdēdami,

Sveicina Līkcepuri, apkārt dancodami;

Pēc tam visi izskrēja pavarda namā,

Saņēmušies dakšas, atpakaļ nāca,

Nokarsēja dakšas pūķa rīklē sarkanas,

Un tad visi ratiem riņķī apkārt nostājās.

Tagad vecā ragana pacēlās stāvus

Un, ar spieķi sizdama, skarbi sauca: "Iekšā!"

Tūliņ kāda siena atdarījās dibinā,

Un tur iekšā veda spalvaiņi tēviņi

Kādu bālu cilvēku, iztrūkušos ļoti;

Ieveduši iegrūda raganu riņķi.

Lāčplēs's, to redzot, arī diezgan iztrūkās -

Tas bija izslavēts svētnieks un labdaris,

Viņu sauca Kangars, dzīvoja kā vientul's

Kangaru kalnos, liela meža vidū.

Briesmīgā balsī Līkcepure izsauca:

"Grēcinieks, šodien tevim laiks ir apgājis,

Saņem savu algu tagad pūķa rīklē, -

Tevi tur iegrūdīs raganu dakšas."

Gauži sāka lūgties Kangars, zemē nokritis:

"Paildzini, varenais, vēl kādus gadiņus,

Kalpošu tev joprojām no jauna."

Kādu brīdi domājis, Līkcepure teica:

"Nevis tava lūgšana, cita lieta varētu

Tev' no nāves izglābt, paildzināt laiku;

Pērkona ticīgo tādu nava daudzums,

Grūti diezgan nākas mums viņus vilināt;

Tādēļ ka par laimi Baltijā drīzumā

Nācis no vakariem kāda sveša tauta,

Viņa meklēs iekarot Baltijas zemi,

Ticību jaunu šeitan gribēs izplatīt.

Es arī vēlējos še to jauno ticību,

Tā manim vairāk ienesis gan peļņas,

Tādēļ ka man tā jau pieder liela

dala

Pašu viņas nesēju, viņas mācītāju.

Es no tevis prasu palīdzēt šo ticību

Ievest šinī zemē, izplatīt pa Baltiju;

Par to tevim dāvinu trej-deviņus gadus!

Zvērē manim, liekuli, pie šā pūķa rīkles,

Ka tu pilnam apņemies Pērkonu aizliegt!" -

"Es apņemos pilnīgi Pērkonu aizliegt.

Un par savas tautas nodevēju palikt." -

"Un par savas tautas nodevēju palikt,

Palīdzēt tautas varoņus samaitāt." -

"Palīdzēt tautas varoņus samaitāt.

Še svešas ticības mācītājus ievest." -

"Še svešas ticības mācītājus ievest.

Tautiešus pierunāt svešiniekiem klausīt." -

"Tautiešus pierunāt svešiniekiem klausīt,

Kaut un dedzināt tos, kas turas pretim." -

"Kaut un dedzināt tos, kas turas pretim,

Vispārīgu verdzību beidzot še ievest." -

"Vispārīgu verdzību beidzot še ievest.

Uzcelies, dzīvo līdz noteiktam laikam!"

Pēc tam visi Kangaru apsveica laipni.

Līkcepure ziņoja darīšanas beigtas,

Tad, no visiem pavadīts, brauca ar raganu

Atpakaļ atkal uz kapara kambaru.

Šeitan melnie kundziņi izcēla veco

Raganu laukā, paši kāpa iekšā;

Raganas noliecās vaigiem pie zemes,

Piešķīda kambarā atkal sēra uguns,

Un ar troksni iebrauca Līkcepure zemē.

Lāčplēs's arī steidzās laukā no šā mājokļa.

Aiziedams caur kukņu, paņēma tas līdzi

Kādu aprakstītu, mazu tīstoklīti,

Lai tā būtu zīme, ka viņš bijis šeitan,

Redzējis šē visus negantības darbus.

Kalna gaisā skaidrajā vieglāk viņam palika,

Tomēr tam žēlums, rūgtums sirdi pārņēma.

Bluķī atkal ielīdis, gaidīja
Lāčplēs's,

Kamēr iznāks Spīdala, pārskries uz
mājām.

Meičas mājās palaižot, vecene
sacīja:

"Spīdala, tevim pateikšu ko jaunu -

Lāčplēs's bija šeitan klāt pie
vakariņām,

Redzēja, kā kundziņi dzīvoja ar
meičām."

Spīdala palika drīz gan bāla,
sarkana,

Mīlestība pirmā ienaidā negantā

Pārvērtās drīzi viņas kaislā sirdī.

"Kādēļ tu to pirmīt neteici manim?

Tas būt' galu atradis pūķa uguns
rīklē!"

"Mūsu kungam starpā negribēju
maisīties;

Zināms, dzīvot nebūs tālāki
Lāčplēsim -

Viņš guļ tavā bluķī, gaid', kad
skriesi mājā.

Jūs ar Sērenieti jājat abas kopā.

Tālāk uz augšu līdz pat
Staburagam;

Tikušas virs atvara, lec uz viņas
bluķa,

Palaid savu vaļā, burves vārdus
sakot, -

Tas ar visu Lāčplēsi atvarā iekritīs,

Kur vēl neviens cilvēks dzīvs nava
iznācis!

*

Skaista un cienīga debešķīgi,

Un tērpusies greznotās rotās,

Stabradze pārnāca noskumusi

No Likteņa sapulces mājās.

Vai arī viņai, kas sēroja daudz

Pie Latvijas Daugavas krastiem,

Tādēļ ka Staburags mūžīgi snauž

Un vientuļa viņa starp dzīviem, -

Vai viņai nākotnē raudāt vēl būs

Par Baltijas likteni sūro?

Veclaiku slava, kas aizmirsta kļūs

Pie tautas, ko viņa tā mīļo?

Tagad, kur vectēvu ticība vald',

Tā dalību ņēma pie visiem:

Salnainos rītos tā miglu uzmet,

Lai neskādē arāju stādiem;

Pusnaktī piedraudē laiviniekiem,

Lai atvara tuvūmā nebrauc;

Pusdienā ganiem un ceļiniekiem

Iz avota spirgtumu pasniedz;

Bet viņas mīļākā darbošanās

No laika uz laiku ir šāda:

Izlūkot meitiņas tikumīgas

Un dzimušas zināmās dienās -
Tās viņa sargā kā nevainīgas
Un aicina kristalu pilī,
Pamāca, roto un apdāvina
Un izlaiž tad laimīgas tautās,
"Stabradzes meitiņas" sauktas tās tiek,
Un tautieši laimīgi teicas,
Laimas-māt' kuram par līgavu liek
Reiz Stabradzes meitiņu dabūt.

Lāčplēs's jau atradās atmozdamies
Iekš Stabradzes gliemežu gultas,
Brīnījās, apkārt sev skatīdamies,
Un domāja, kur gan tas esot;
Gultiņa likās tam līgojoties,
Kā šūpota ūdeņa viļņiem,
Gaismiņa spīdēja zilganota
Caur kristalu skaidrajām sienām.
Istaba ļoti bij izgreznota
Ar zelta un sudraba lietām;
Jaukākā kārtībā sastādītas
Bij visas šīs brīnuma lietas.
Kamēr vēl Lāčplēs's atminējās,
Kā vakar ar raganām braucis,
Durvis it nejauši atdarījās
Un jaunava ienāca kāda,
Tās seja likās tik piemīlīga,

Ka neviļot jāsaka bija:
Līdzīga viņa kā mēnesnīca,
Ar magoņu ziediņiem jaukta;
Tumšzilās acis tai nolūkojās
Tik liegi kā austoša diena;
Bet, ilgāk skatot, tās parādījās
Tik dziļas kā atvara dzelme, -
Paldotas drāniņas, gaišzilganas
Tās augumu aplenca slaidi;
Mati bij atsieti vizulīšiem,
Tie nolaidās sprogās līdz ceļiem.
Lāčplēs's domāja, ieraugot to,
Ka dieviete parādās kāda,
Gribēja uzcelties, pateikties tai,
Ka glābusi viņu no nāves,
Viņa to neļāva, runādama,
Ka vajagot spēkus vēl taupīt;
Pēc tāda tik reta gadījuma
Tas pilnam vēl neesot izglābts:
"Debesu radījums, saki jel man:
Kur nokļuvis tagad es esmu?
Pastāsti pati, kas esi tu ar,
Lai zinu, kā godināt tevi." -
"Mani par Stabradzes meitiņu sauc,
Un šī viņas kristalu pile;
Tevi tā glābusi ienesa še,
Kad raganas atvarā meta."

Lāčplēsim bij, it kā debešķīga
Jau laimība pildītu krūtis -
Tagad tas zināja meitiņu šo
Tik cilvēku bērnu vien esot.
Meitiņa ienesa uzkožamo
No plāceņiem, piena un medus,
Lūgdama, Lāčplēs's lai baudot kaut ko,
Šī iziešot Stabradzei vēstīt.
Lāčplēs's uzcēlās, spirdzinājās
Un apģērbās kārtībā ātri.
Atkal drīz durvis te atdarījās,
Un ienāca Stabradze pati;
Laipni tā Lāčplēsi sveicināja
Un jautāja, kā viņam klājas:
Jauneklis pateicās klanīdamies
Un teica, ka klājoties labi;
Mūžam šai pilī tas vēlējoties
Pie labajām dievietēm dzīvot.
Stabradze skatījās slēpumīgi,
Kad Lāčplēsim atteica šādi:
"Varbūt ka vēlāki satiksimies,
Un mūžība nebūs tad gara;
Tagad tev dievi spriež tālāki iet
Uz grūtaja dzīvības ceļa,
Pūlēties darbos viskrietnākajos
Priekš tēvijas tautiešu pulkā;
Slavu pie tautas sev iemantoties

Un laimi pie mīļotām krūtīm!"
Lāčplēša acis gan spīdēja prieks,
Ar jaunekļa dūšu tas teica:
"Pateicos dieviem, ka sprieduši man
Tie tēvijā likteni šādu, -
Dzīšos to izpildīt; laimīgāks vēl
Sev teicos, ka redzu no vaiga
Stabradzi labajo, debešķīgo
Un arī tās meitiņu skaisto, -
Abas jūs būsiet mans augstākais skats
Un dzineklis tuvoties mērķim!" -
"Tevim to vēlējam abas no sirds,"
Tam atteica Stabradze smaidot.
"Varoni jaunais, tev nāksies gan grūt
Pret naidniekiem ļaunajiem karot,
Sevišķi tiem, kuri slepeni lien,
Un tādi būs Spīdala, Kangars;
Ņemi šo mazajo spogulīti
No manim kā piemiņas zīmi
Un, kad reiz ļaunajie uzmācas tev,
To ātrumā turi tiem priekšā, -
Tūliņ tie paliks kā bezspēcīgi,
Jo ieraudzīs Pērkona ģīmi!"
Stabradze izņēma runādama
Iz tīnītes spoguli mazu,

Iedeva Lāčplēsim, sacīdama,
Lai glabājot viņu it labi.
Lāčplēs's tai pateicās, izlūdzās ar
No jaunavas piemiņu kādu;
Meitiņa nosarka, raisīja tad
Iz matiem tā zīļotu lenti,
Puškķoja cepuri viņam ar to
Un kaunīgi skatoties teica:
"Brīnišķas lietas, ko dāvāt, man nav,
Bet puškķojot cepuri tavu,
Bāliņu pulkā es palaižu tev'
Un vēlēju laimīgu ceļu!" -
Lāčplēs's bij aizgrābts un nezināja,
Kā meitiņai pateikties labāk.
Stabradze atkal to uzrunāja:
"Nu steidzies, varoni jaunais, -
Vadīšu tevi es augšām uz klints
Caur kristalu pils vārtiem laukā;
Meitiņu, kuru par Laimdotu sauc,
Tu tiksi vēl kādu reiz redzēj's; -
Cerēju, zīļotā lentīte ši,
Iz brūnajiem matiņiem ņemta,
Brīnumus darīs vēl vairāk pie tev'
Nekā mans dāvātais spogul's." -
Lāčplēs's pie durvīm tak atgriezās vēl
Un uzmeta Laimdotai acis -

Izlikās spiežoties ārā kaut kas
iz meitiņas dzelmīgām acīm;
Lāčplēsim nekād' bij pārdomāt to,
Jo pils vārtos atmaņa zuda,
Krita pie zemes un palika tas
Tur pārvērsts par akmeni guļot! -

*

Lecoša saulīte apspīdēja
Jau Daugavas līčotos krastus,
Debess bij skaidra, un izrādījās,
Ka jauka būs nākoša diena.
Pacēlās tomēr kāds mākulīt's mazs
Un uzkāpa augstāk un augstāk:
Mākulim priekšā jāja vecs virs
Uz zirga, ar pātagu rokā.
Sirmajo zirgu tas apturēja
Tur augšā pret Stabraga klinti;
Pātaga rokā tam noplīkšķēja -
Un liesmoti zibiņi cirtās,
Pērkoņa spērieni norībēja,
Gar klints sienām akmeņi šķīda,
Staburags pamatos nodrebēja,
Un krastmalā stāvēja - Lāčplēs's! -
Grūti tam nācās to atminēties,
Ko piedzīvoj's; redzēj's šai laikā;

Tomēr tas atrada, pārdomājot,
Ka nebij tas noticis sapnī;
Sevišķi atmiņas divējādas
Tam darīja iespaidu dziļu:
Sievišķu ļaunumi netikumos
Un sievišķu tikumi augstie.
Jo projām apņēmās sargāties tas
No pirmajo kaislības valgiem,
Iemantot otrajo cienīšanu
Caur cītību krietnajos darbos.

Lejupus staigājot redzēja tas
Pret Pērses upītes grīvu
Krastmalā ļaudis, tie ielaiduši
Bij celtuvi jaunu iekš ūdens,
Taisījās pārcelties, tomēr neviens
Tie negāja celtuvi airēt;
Lāčplēsim arī bij vajadzīgs tikt
Pār Daugavu otrajā pusē,
Tādēļ tas solījās airēt viens pats, -
Lai kāpjot šie citi tik iekšā.
Visi nu sakāpa celtuvē drīz,
Un jauneklis iesāka airēt:
Tamēr pie pirmajiem vilcieniem jau
Tam salūza smagajas aires, -
Celtuve griezās bez valdīšanas
Uz lejpusē krācošo straumi -

Ļaudis uz celtuves pārbijušies
Jau rēdzēja nāvi priekš acīm;
Lāčplēsim nebij ko apdomāties,'
Tas iesāka airēt ar pļaukstīm;
Spēcīgi ūdenī iecirzdams tas
Drīz celtuvi iegrieza ceļā.
Pēdīgi laimīgi pārvilka to
Pār Daugavu otrajā pusē! -
Ļaudis nu vareni izbrīnījās
Par Lāčplēša lielajo spēku.

Krastmalā stāvēja jauneklis kāds,
Kurš iznesa baļķus no meža.
Jauneklis bija ar noskatījies
Šo Lāčplēša spēcīgo darbu,
Pienācis gribēja iepazīties
Ar stiprajo varoni, teikdams:
"Mani par Koknesi ļaudis še sauc
Un stiprāko jaunekli dēvē,
Tādēļ ka būvbaļķus iznesu es
Uz pleciem no tuvaja meža;
Strādājam, mezdami vaļņus, še mēs,
Ap Pērses un Daugavas jūtīm, -
Patversmes vajaga cietas še gan,
Jo turēties gadās pret daudziem."
Lāčplēs's tam laipnīgi paklanījās
Un pateica savējo vārdu,

Prasīja ceļa uz Aizkraukli iet
Un stāstīja nolūku savu.
Drīzi vien draudzību noslēdza tie,
Un apņēmās Koknes's iet līdzi,
Kopā ar Lāčplēsi izmācīties
Tās gudrības Burtnieku pilī.

Spīdalas bailes bij domājamas,
Kad redzēja otrajā dienā
Lāčplēsi spirgtu pie veselības
Jau nonākam Aizkraukles pilī. -
Tēvu tā lūdza, lai saņemot viens
Tas nākdamus jaunajos viesus,
Neesot labi šai tagad pie sirds,
Tā aiziešot kambarī savā.
Turpretim Aizkrauklis priecājās
daudz,
Kad Lāčplēsi redzēja sveiku;
Gribējis bija tas ziņu jau laist
Uz Lielvārdes kuniga pili.
Lāčplēsim arī vis nēpatikās
Ar Spīdalu satikties atkal,
Tādēļ tas prasīja aizbildināt,
Kad Aizkrauklis lūdza nākt iekšā;
Esot jau ilgi šis nokavējies
Un tādēļ nu došoties tālāk;
Aizkraukles mežos tas apmaldījies,
No kurienes Koknes's to glābis.

Aizkrauklis grozīja galvu par to,
Bet tomēr drīz vēlēja atvest
Lāčplēša kumeļu apsedlotu.
Un jaunekļi devās uz ceļu.
Spīdala pakaļ tiem noskatījās,
Un acis tai zvēroja nikni.
"Jāj tu līdz austrumam," sacīja tā,
"Gan atriebjot panākšu tevi!" -

Nākošā vakarā notika tie
Jau slavētā Burtnieku pilī.
Burtnieks tos saņēma, izprasīja,
No kurienes nākot, ko gribot.
Jaunekļi izteica vēlējumos,
Un Lāčplēs's to sveica no tēva.
Laipnīgi Burtnieks tad pieņēma
tos
Kā mācekļus vecajā pilī.

III DZIEDĀJUMS

KANGARS UN DITERICHS - MILZIS KALAPUISIS - KARŠ AR IGAUŅIEM - NOGRIMUSĪ BURTNIEKU PILS - TEIKAS UN MĀCĪBAS BURTNIEKU RAKSTU TĪSTOKĻOS - VEĻU NAKTS - LAIMDOTA PAZŪD

Kangaru kalnos drūmīgi šņāca
lielajie meži,

Dziļajie purvi izsvīda miglu
kalnāju starpās;

Mežos plosījās plēsīgi zvēri,
nāvīgas čūskas

Lodāja purvos, un bailīgi ūpji
kauca pa naktīm, -

Nelabu iespaidu darīja ceļniekiem
visiem šis vidus.

Šaurajā celiņa malā, kas ap
purviem un kalniem

Locījās, stāvēja kādā pakalnā
Kangara māja.

Svētulis Kangars atlaida nupat
pēdējos ļaudis,

Kuri pie viņa bija nākuši padoma,
palīga meklēt

Visādos trūkumos, dažādās
nelabās miesīgās kaitēs.

Aizslēdza durvis vakara krēslā un
iededza lāpu,

Ņēma tad kukuļus, ziedus, ko
dienā bij nesuši ļaudis,

Nolika visus tos kambarī, kopā pie
agrākām lietām.

Kambarī stāvēja tīnes un lādes
piekrautas mantām,

Dārgajām ādām, arī vēl zelta un
sudraba naudām.

"Hm ... jā," ņurdēja svētulis, skatot
šīs dažādas mantas,

"Tiešām aplam tas būtu, ja velns
man viņajā naktī -

Bet, vai tik neesmu tomēr par
dārgu atpircis savu

Dzīvību? Nagucepure noprasa
briesmīgas lietas!

Taču neviens to nezinās, raganas
neteiks pie savas

Pašas sodības - ļaudis pa vecam
godinās mani,

Kā jau arvienu par svētnieku; viņu
muļķībā pastāv

Labums mans, un tiešām tas
manim vairāk ģeld nekā

Tauta, tēvzeme; negribu varonis
būt tāds,

Kuram, cīnoties tautas un
tēvzemes labumā, tomēr

Pašam ir lielākais grūtums, raizes
un trūcība jācieš."

Runājot šādi, ietinies svārkos,
staigāja Kangars.

Ārā dzirdēja viesuli šņācot pa
Kangaru kalniem;

Vakara pusē tālumā grauda

Pērkonis dobji.

Kangars dzirdēja sitot pie durvīm, taisīja vaļā,

Brīnēdamies, kas gan tik vēlu vēl nākšot pie viņa.

Spīdala ienāca iekšā, ne kā ragana, bet it

Glītās sievišķu drēbēs. "Labvakar," sacīja viņa,

"Laikam gan ciemiņus, tēvoci, tu vairs negaidi šodien?" -

"Negaidu," atteica Kangars, "priecājos tādēļ jo vairāk

Savu skaistāko kaimiņieni redzēt pie sevis.

Kā labi klājas?" - "Neklājas labi," Spīdala teica;

"Liekas, ka kādi vareni spēki darbojas pretim

Nodomam manam, - atnācu tādēļ palīga lūgties;

Kopīgi spēki iespēj jo vairāk, sevišķi tad, kad

Abēju nolūki pie tam tiek sekmīgi panākti galā."

Spīdala stāstīja Kangaram nu par Lāčplēsi, kurš tai

Arī priekš viņa nelabā naktī klātumā bijis,

Velna-bedrē redzējis visus tos jodiskos darbus;

Vēlāki atvarā iemests, palicis diezin caur kādu

Brīnumu dzīvs un aizgājis tagad uz Burtnieku pili.

Nopietni klausījās Kangars, viņu pārņēma bailes,

Dusmas par to, ka bija nu liecnieks, - varēja Kangars

Arī pie ļaudīm neslavā iekrist; jādomā bij, ka

Lāčplēs's ar viņa tumšos liekuļa nedarbus atklās;

Tādēļ tas sacīja: "Gudri tu darīji, Spīdala, manim

Vēsti par Lāčplēsi dodama; liekas, ka dievi to sargā;

Tādēļ jo vairāk un stiprāki mūsu pretinieks būs tas;

Līdzekļi citi še jālieto, tādi, kur jauneklis pats, pēc

Varoņa goda dzīdamies, nāves briesmībās dodas.

Piemēram pateikšu tevim divus līdzekļus tādus,

Kurus drīzumā izdarīt varam: ilgāku laiku

Bijis nav milzis Kalapuisis Kangaru kalnos, -

Laidīšu vēsti uz Peipus ezeru igauņu milzim,

Ka laiks atkal izdevīgs izpostīt latviešu ciemus;

Kūdīšu latviešus atriebties igauņiem karā,

Zināms, ka Lāčplēs's, kā dūšīgs

kareivis, nepaliks mājās,

Dosies ar Burtnieku kautiņā; bet to zināma nāve

Sagaida, ja tie ar Kalapuisi satiktos abi, -

Igauņu milzim pretinieks nerodas latviešu zemē!"

Priecīga gribēja Spīdala Kangaram pateikties, kad uz

Reizi piešķīda istaba pilna ar uguni, - briesmīgs

Pērkona spēriens rībēja, visa zeme un māja

Drebēja, neganta vētra sacēlās; debeši krāca,

Lietus ar straumi nogāzās, lāči rūca un vilki

Gaudoja, pūces un ūpji kliedza un vaidēja purvos,

Izbailes valdīja vispāri dabā, kad varenais Pērkons

Rādija savu spēcību, vētrā zibiņus mezdams!

Arī Kangars ar Spīdalu stāvēja bāli kā līķi, -

Zināma sirds tos baidīja vairāk kā zvērus pa mežiem,

Zinot, ka Pērkons saspārda burvjus un raganas līdz ar

Jaunajiem gariem. "Vai, kas par briesmīgu negaisu," teica

Kangars, "Spīdala, šonakt tu nevari nostaigāt mājās,

Paliec pie manim, kamēr nostājas briesmīgais negaiss."

Kangars aizvēra logus, nodzēsa lāpu un savu

Drebošu biedreni ievilka tumšajā kambarī; abi

Ļaundari aptina galvas ar segiem un gaidīja, gultā

Līduši, lielās izbailēs, kamēr nostājas vētra.

Bet drīz spēriens uz spēriena rībēja, Kangaru kalni

Trīcēja, resni ozoli gāzās laukā ar saknēm;

Likās, ka dievi gribētu sagāzt debesi, zemi

Nogremdēt! Tiešām, Baltijas dievi karoja šonakt:

Debešus šķēla un zibiņus meta Pērkons ar varu;

Antrimps bangotā jūrā sakrāva ūdeņu kalnus,

Šļākstoši viļņi vienojās kopā ar mākoņu čulgām!

Daugavas grīvā mētājās kuģis bez stūra un mastiem, -

Katrā acumirklī tas varēja dibinā nogrimt;

Cilvēki brēca pēc glābšanas. Pērkons ar Antrimpu postam

Dēvēja tos; bet cilvēku gribai ir brīvība - līvi

Svešniekus izglāba, viņi izglāba
nākošos kungus.

Sarkana uzlēca saulīte pēc š1s
vētrainās naktes.

Kangars uzcēlies skatījās savas
draudzenes, - viņa

Gulēja. "Brr, - tas bij bailīgi! Labi,
ka pārgāja nakte.

Likās, ka Pērkons visus jodus būt'
gribējis nospert!

Nezinu redzēj's tik briesmīgas
vētras," teica tas, svārkus

Uzvilcis, ārā iziedams. Mājai bij
noplēsti jumti,

Sētsvidū gulēja krustiem šķērsiem
salauzti koki,

Kangaram bija ko brīnīties, apkārt
skatoties. Te tas

Ierauga kalnā divus vīrus pa
šaurajo ceļu

Nākot uz viņa mājokli. Klātu
pienākot, Kangars

Vienu no viņiem pazīst kā Rīdziņu
zvejnieku, otris

Svešs pavisam - apģērbies baltā
mēteli garā,

Kuram pret krūtīm krusts bija
iešūts, - svešais bij ļoti

Piekusis. Zvejnieks nu Kangaram
stāsta, ka Daugavas grīvā

Nakti sadragāts kuģis, iz kura šie
glābuši ļaudis;

Starp tiem atradies arī šis baltais,

vēlējies runāt

Kādu šejienes virsaiti; tādēļ pie
Kangara svešo

Novedis, kurš gan labāki zināšot,
tālāk kas darāms.

Abi šie vīri nu skatījās tuvāki acīs
viens otram -

Redzi, vienādas dvēseles tiekas pa
jūru un zemi!

Svešais runāja kādus šejienes
valodas vārdus,

Teikdams: "Mani sauc Diterichs,
esmu priesteris lielā;

Varenā dieva, kas savu dēlu sūtījis
visu

Pasauli valdīt un aplaimot; braucu
savējiem ļaudīm

Līdzi, kuri šē meklēja tirgoties
Baltijas ostās.

Izjauca vētra mūsējo nolūku, -
pateicam dievam,

Dzīvību savu kad izglābām:
mūsējiem jāpaliek šeitan,

Kamēr kāds kuģis no jauna no
Vāczemes radīsies; bet es

Vēlētos pazīties pa to laiku ar
virsaiti kādu."

Kangars nu teica: "Sveicinu tevi
Baltijas zemē!

Zinu ar nolūku tavu, - manis dēļ
nebaidies, pretim

Jau vis nebūšu tavam varenam,
spēcīgam dievam;

Lai gan tu netici manim, tāpat kā ir sevišķi kārīgs
es tevim,

Vedīšu tevi pie varenā Kaupa uz
Turaidas pili, -

Tur tu, ja iesāksi gudri, atrasi
auglīgu zemi

Savam sējumam. Tomēr vēl šodien
paliec pie manis,

Atpūties labi no izciestām bailēm
un domā, ka arī

Baltijas dievi ir vareni!" Zvejnieku
atlaida Kangars,

Ditrichi vadīja istabā; arī Spīdala
bija

Cēlusies. Drīz starp šiem trijiem
iesāka valoda sekties

Tālāk un tālāk, kamēr ar kopīgu
draudzību beidzās.

*

Gadi aizgāja. Atgadījumi tuvāki
veda

Lielisko pārmaiņu sadzīvē Baltijas
mierīgā zemē.

Burtnieku pilī mācījās Lāčplēs's ar
Koknesi krietni

Visās kareivju rīcībās, daudzās
gudrības ziņās;

Arī Burtnieku vecajos rakstus
jaunekļi paši

Tagad jau varēja lasīt; Lāčplēs's

Šķirstīja tanīs. Viņam tur atvērās
avoti dziļi,

Pauzdami cilvēka mūžu pasaulē;
pilnību, galā

Nīcību, pēdīgi atpakaļ iešanu
lielajos garos.

Taču tam bija sevišķis iemeslis
Burtnieka pilī

Dzīties, ka krietnajos darbos
panāktu augstāko mērķi.

Zilajā zīļu lentīte; kuru pie cepures
nesa,

Darīja brīnumus. Stabradzes
meitiņu atrada Lāčplēs's

Burtnieka pilī. Laimdota bija tā
miesīga meita!

Mīlība dedzīga radījās drīzi
jaunekļa sirdī.

Laimdota arī labprāt to redzēja,
satikās bieži,

Vakaros viņi staigāja Burtnieku
ezara malā;

Laimdota stāstīja tam par ezarā
grimušu pili

Un par daudz citām dīvainām veco
Burtnieku teikām.

Lāčplēsis gribēja Burtniekam lūgt
jau Laimdotas roku,

Kad drīz izpaudās vēsts, ka
Kangaru kalnos

Piemītot atkal Kalapuisis un
izpostot ciemus, -

Daudz tas cilvēku nositot, daudz ar nesdami šādu:
nolaupot mantu.

Bailes pārņēma apkārtnes vidu,
nebija tādu,

Kuri drīkstētu Kalapuisi apkarot
kalnos.

Burtnieks tad izlaida ziņu visiem
kareivjiem zemē:

Ja kāds kur uzņemtos milzi izdzīt
no Kangaru kalniem

Vai ar to nokautu, tam viņš pildītu
lūgšanu katru,

Kaut tas ar prasītu viņa meitas
Laimdotas roku.

Vēsti šo saņēma Lāčplēsis - abi ar
Koknesi kāri

Lūdza no Burtnieka atļauju doties
apkarot milzi.

Burtnieks to sākumā liedza,
bīdamies jaunekļu briesmas,

Tomēr, zinādams abējo viņu
spēcību lielo,

Beidzot tos palaida, abējiem
viņiem vēlēdams laimi.

Drīzi jaunekli, staltus kumeļus
jādami, devās

Kareivju drēbēs un ieročiem rokā
uz Kangaru kalniem,

Vadīti laukā no jaunekļu, meiču
skanīgām dziesmām.

Pusceļā būdami, satika jaunekļi
vēstnešus, kuri

Jāja uz Burtnieku pili, vēsti

Igauņu pulki, pāri pār robežu
nākuši, laupot

Un ar dedzinot latviešu ciemus;
tādēļ tie gribot

Burtnieku lūgt, lai tiem sūtītu
savus kareivjus pretim.

Nu bija mūsu jaunekļiem jādomā,
labāk kā darīt, -

Burtniekam vajaga bija ar' viņu
palīga, ja tas

Karā pret igauņiem dotos. Beidzot
tie nosprieda, vienam

Griezties ar vēstnešiem atpakaļ.
Koknes's to uzņēmās, teikdams:

"Mēģini, Lāčplēsi, viens tu izpelnīt
Laimdotas roku,

Atsakos es no dalības, zinādams
mīlību jūsu."

Kalapuisis turēja launagu,
sēdēdams kalna

Galā pie savas no stāviem kokiem
saslietas būdas;

Vērsēnu apēdis, tas vēl sivēnu cepa
uz iesma.

Blakus tam stāvēja pieslieta nūja,
milzīgi liela,

Tā bij no zaraiņa baļķa, ar dzirnu
akmeni galā.

Milzis, redzēdams Lāčplēsi jājot,
paķēra nūju,

Grieza to riņķī ap galvu, tā ka
sacēlās viesul's;

Smējās par Lāčplēsi, teikdams, vai pretnieks manim še būšot, šim lāvusi māte

Nāvē tik nelaiku doties. Lāčplēs's tam atteica pretim:

Laiks jau atnācis, kur vairs nederotmiesām un vēderiem lieliem, - pasaulē milži,

Tādēļ šo arī Pakola valstībā noraidīt gribot.

Tam par atbildi milzis svieda ar smagajo nūju,

Izsita Lāčplēsim zirgu ar visiem sedliem iz kājām.

Zirgs ar nūju ieskrēja purvā. Lāčplēs's uz kājām

Nolēca zemē, zobinu izrāvis, iecirta milzim

Gūžā ar varenu spēku, tā ka tas nogāzās zemē.

Krītot tas ķērās pie tuvākās priedes, izrāva priedi

Laukā ar saknēm, uzgāza krītot sev virsū uz krūtīm.

Lāčplēsis neļāva piecelties viņam; zobinu celdams,

Gribēja galvu tam nocirst. "Pagaidi,ziņā miers lai ir mūsu varoni jaunais,"

Kalapuis's sauca, "atļauj priekš miršanas runāt

Kādus vārdus ar tevim! Laikam tu Lāčausis esi?

Māte man stāstīja: reizi kad nākšotlatviešu, igauņu starpā." no Daugavas puses

Varonis Lāčaus's, kurš vienīgais

Tad lai glābjoties šejienes tautas. Izvemšot jūra

Briesmoņus kādus ar dzelzu

Aprīšot visu: cilvēkus, kustoņus, augļus un zemi!

Derēsim mieru, apstākļos šādos nebūtu gudri,

Kad mēs viens otru nonāvēt sāktum, atstātum tautas

Briesmoņu varā. Apsolu tevim, varoni jaunais,

Aiziet no šejienes, uzturēt mieru uz mūžīgiem laikiem

Igauņu, latviešu starpā! Mūsu jūrmalas salas

Sargāšu es joprojām; kamēr vien dzīvošu, netiks

Svešajie zemē; pēdīgi mirstot, nogulšos Zundā."

Lāčplēsis līdzēja Kalapuisim piecelties ātri,

Sniedza tam roku, sacīdams: "Tai

Starpā; aiziesim arī, izšķirsim abējās tautas,

Kuras tur klajumā viena ar otru tagad jau kaujas;

Karš šis lai paliek pēdīgais

Pārcirsto gūžu drīzi tie sasēja, devās tad abi

Lejā uz ciemu; šeitan tie nobeidza igauņu karu.

Tur, kur bij kritis milzis pie zemes, palika bedre

Kangaru kalnos; ļaudis vēl šodien milzoņa gultu

Nosauc šo bedri, un viņa nūja guļot vēl purvā.

"Vēl auga ozoli Latvijas ārēs,

Kuplotiem zariem, robotām lapām,

Vēl mūsu tautiešos varoņi rodas,

Sargājot tēvzemi spēcīgi, droši;

Ozola vaiņagiem pušķojam viņus,

Apdziedam sirdību dailīgās dziesmās.

Apdziedat Lāčplēsi, Latvijas meitas,

Lāčplēs's kad cirta, Kalapuisis krita -

Lāčplēs's to pārspēja Kangaru kalnos;

Piespieda igauņus saderēt mieru;

Igauņi nenāks vairs latviešu ciemos,

Nebaidīs zeltenes, nelaupīs mantas.

Bāliņi līdīs līdumus droši,

Rudenī tēvi izdarīs alu.

Priecīgi dzersim jaunekļiem kāzas,

Panāksti, vedēji dziedās un dejos:

Vēlējam arī Lāčplēsim pašam

Tikušu krietnaju līgavu atrast!"

Dziedot tā, Laimdota kopā ar citām zeltenēm nāca

Pilsvārtos kareivjiem pretim, kad pēc salīgta miera

Burtnieks ar savējiem atgriezās mājās no igauņu kara;

Meičas turēja rokās ozolu vaiņagus, ar kuriem

Pušķoja kareivjus, - Lāčplēs's dabūja Laimdotas kroni.

Meitām par atbildi Lāčplēs's ar citiem dziedāja šādi:

"Kur augi ozoli, aug arī liepas -

Kur rodas varoņi, tur krietnas meitas;

Latviešu kareivi, lepoties vari,

Zeltenes skaistas, tikumu pilnas

Laimiņa laidusi Baltijas zemē.

Priecīgi latviešu kareivji atdos

Dzīvību savu, tēvzemi glābjot,

Sargājot krietnajas Latvijas meitas,

Lai viņu vaiņagi zīļoti vizi -

Vizuļus nebūs naidniekam traucēt,

Līdz kamēr Laimiņa tautiņās

raidīs!

Laimdota, skaistākā Latvijas meita,

Apsolos dzīvot un nomirt priekš tevis!"

Ir pats Burtnieks, aizgrābts caur jaunajiem, iesāka dziedāt -

Vispāra jautra līgsmība pārņēma kareivju sirdis,

Kopīga brālība piemita visu tautiešu starpā.

Laimdota pēdīgi aicināj' iekšā, maltīte gaidot

Slavenos kareivjus. Burtnieks lika miestiņa atnest.

Lāčplēs's bija priecīgs par visiem; Laimdota nesa

Miestiņu apkārt, - uzdzēra viņam nākošu laimi.

Drīzi vien izpaudās Lāčplēša slava Baltijas zemē -

Ļaunīgais nodoms varoni nomaitāt bija caur dievu

Lēmumu tapis par lielāko labumu, lielāko slavu!

Pēc tam kādā vakarā Lāčplēs's iegāja viens pats

Lielajā velvē, kur stāvēja tīstokļi, rakstīti burtiem.

Te viņš redzēja dibina sienā pusveras durvis,

Kuras agrāki nebija zinājis; paceldams lāpu,

Viņš it ziņu-kārīgi skatījās iekšā pa durvīm, -

Šauras akmeņu kāpenes noveda dziļumā tālā;

Lāčplēs's kāpa pa kāpenēm lejā, staigāja kādā

Alā tālu pa zemes apakšu, notika beidzot

Lielā veclaiku pilī, - varēja zināt pēc soļiem,

Ka tas staigājot noticis pašā ezara vidū.

Pilī daudz istabas pieliktas bija ar dažādām lietām,

Veclaiku ieročiem, kādus Lāčplēs's nebija redzēj's.

Te tas manīja kādā kambarī atspīdam gaismu.

Lēnām tas iegāja kambarī; šeitan stāvēja šķirsti,

Plaukti, piekrauti lieliem rakstu tīstokļiem, runu

Kokiem un birkām; kambara vidū uz akmeņu galda

Stāvēja, tumši degdama, lāpa, pie kuras tas kādu

Jaunavu redzēja sēdam un rakstu tīstokli rokās

Turam. Jaunava nemanīja Lāčplēsi nākot -

Bija tik dziļi tā, tīstokli lasot,

aizņemta; tik, kad

Lāčplēša soļi pašā tuvumā darīja troksni,

Viņa kā nejauši pagrieza galvu, un "Laimdota" sauca

Lāčplēs's, "neņem par ļaunu, ka tevi traucēju šeitan!

Laikam man labākais liktens nolēmis satikt ar tevi

Kā ar labajo dievieti visās brīnišķās vietās;

Nevilšu atradu slepenās durvis lielajā velvē,

Nokāpu alā un atnācu šinī burvīgā pili.

Šoreiz atļauji arī manim še brītiņu palikt,

Ieskatīt šinīs dīvainos rakstu tīstokļos; laikam

Šī ir tā pati pils, par kuru stāstīji manim?" -

"Pils ir tā pati," atteica Laimdota, "nezinu, kā es

Aizmirsu aiztaisīt durvis. Bez tēva zināmas viņas

Nebija šeitan nevienam; tomēr, kad atradis reizi

Esi tu apslēpto pili, paliec, lasīsim kopā

Veco Burtnieku teikas un viņu dailīgās dziesmas." -

"Ak, es vēlētos visu mūžu ar biedreni tādu

Kopā še palikt pie mūsu vectēvu varoņu teikām!" -

"Nevēlies, Lāčplēsi, neko ātrumā," Laimdota teica.

"Vārdi iz cilvēku mutes daudzreiz noejot dievu

Ausīs, un pārsteigta vēlēšanās piepildās ātri.

Sevišķi šeitan, kur sakarā stāv ar šo apburto pili

Mana nākošā laime - Burtnieku pēdējā meita

Vēlēta ir tam varoņam, kurš še pārgulēs pilī

Nakti un paliks pie dzīvības; pile tad burvību zaudēs,

Izcelsies līdz ar varoni rītā pie saulītes gaismas!"

Lāčplēs's saķēra viņas roku un iekarsis teica:

"Laimdota, gudro slaveno Burtnieku pēdējā meita,

Še tavā vectēvu noslēptā pilī vaicāju tevi:

Vai tu gribētu Lielvārda dēlu Lāčplēsi mīlēt?

Tad vien jutīšos spēcīgs, izpildīt varoņa darbus,

Tūliņ še palikšu pilī un gribu tās burvību salauzt."

Lēni atteica Laimdota: "Gribu - dzīvosim kopā,

Nomirsim kopā priekš mūsu

mīļotas latviešu tautas!"

Lāčplēs's vilka to tuvāki.
Sprogaino galviņu viņa

Nolieca tam pie krūtīm, un divas
spēcīgas sirdis,

Augstu tikumu pilnas, vienojās
kopā kā divas

Spīdošas zvaigznes, reti kas
parādās debesu velvē!

Ezara viļņi līgojās, mēnesim spīdot
pār vecās

Burtnieku piles jumtiem; tumšas
un dīvainas ēnas

Lidoja caur' pa istabām, - viņas
smaidīja apkārt

Mīlīgo pāri. Jaunie to nejuta, nejuta
nekā

Vairs no pasaules; viņi tai laimīgā
brītiņā radās,

Kādu tik reizi jaunības pirmā
mīlība piešķir

Cilvēkiem maldīgā mūžā. Īsais
laimīgais-brītiņš,

Kādēļ tu esi tik īss un kādēļ pāreji
tu kā

Sapnis? Īstenā cilvēku paradize
virs zemes -

Kādēļ izdzeni savus lutekļus
ātrumā laukā

Un tos viena brītiņa dēļ, ko baudīja
tevī,

Lieci sēras un rūgtumu baudīt
veselu mūžu?

Bet vai brītiņš paradizē gan
neatsver bēdu

Pilnu mūžu? Tiešām tas atsver!
Brītiņu mīlēt

Laimīgi, visu mūžu ciest un pēdīgi
nāvē

Visu aizmirst, ir vienalga, laimīgs
vai nelaimīgs bijis.

Kamēr Lāčplēs's ar Laimdotu
debesu laimību juta,

Atradās arī tuvumā jaunums, kas
kā arvienu

Laimību jauca un sēras pieveda
jaunajam pārim.

Ezara dibinā tuvu pie loga glūnēja
kāda

Ūdens čūska; - tai bija Spīdalas
zvērotas acis!

Laimdota atjēdzās pirmā, teica, ka
vēlu jau būšot,

Vajagot aiziet no piles, kamēr vēl
neesot pusnakts.

Lāčplēs's turpretim apņēmās pilī
palikt pa nakti.

Kad tas nelikās pierunāt, Laimdota
aizgāja viena.

Pusnaktei nākot, palika pilī tik
auksti, ka Lāčplēs's

Tikko varēja glābties; tādēļ tas
paņēma kādus

Salauztu šķirstu gabalus, uzkūra
uguni no tiem

Lielajā pavardā un tad sildoties

gaidīja, kas še

Notikšot. Sacēlās viesul's pa visām istabām, un aiz

Sienām krāca ezara ūdeņi; atvērās durvis,

Un pa viņām ienesa iekšā septiņi mori

Lielu, vaļēju zārku; iekšā tur gulēja briesmīgs

Tēviņš ar zobiem kā kapļiem un nagiem kā tuteniem; sākot

Likās, ka būtu tas nomiris, bet pēc laiciņa sāka

Kustēties, atvēra platās acis un iesāka vaidēt:

"Vai, kā man salst, un vai, cik man salti!" Negribot širkas

Lāčplēsim gāja caur kauliem, tādu nejauku balsi

Grūti bij izturēt; tādēļ tas sakūra uguni lielu,

Sagrāba tēviņu cieši aiz krūtīm, izrāva laukā

To iz zārka un, ugunim piegrūdis, sacīja: "Sildies,

Draņķi, bet nebrēc tik nejauki!" Tomēr tas brēca vēl vairāk

Un ar zobiem grāba pēc Lāčplēša garajām ausīm -

Laikam tas zināja, ka, ja ausis nokostu, tad ar

Lāčplēša spēcība pazustu un viņš to varētu pārspēt;

Lāčplēs's turējās sirdīgi pretim, iegrūda viņu

Ugunī iekšā, tā ka tam spalvas iesāka nosvilt.

Beidzot tas iesāka runāt un lūgties, lai palaižot vaļā.

Tomēr Lāčplēs's to nelaida, teikdams: "Netiksi agrāk

Vajā, kamēr šī pils būs uzcelta augšām pie gaismas."

Durvis atvērās atkal ar troksni, un ieskrēja iekšā

Ragana Spīdala līdz ar agrākiem septiņiem moriem;

Visiem bij rokās ugunī karsētas sarkanas dakšas,

Visi tie uzbruka Lāčplēsim, draudēja nodurt ar dakšām, -

Spīdala visiem pa priekšu ar dzirksteļu sprēgošām acīm.

Lāčplēsim nācās jau grūti pretoties briesmoņiem visiem;

Te tam iekrita prātā Stabradzes spogulis, kuru

Tas arvienu pie sevim nēsāja; izraudams ātri,

Viņš to turēja Spīdalai priekšā. Negantīgs kliedziens

Dimdēja pilī, briesmoņi visi krita pie zemes,

Un tad, putekļus viesulī griezdami, aizmuka projām.

Nostājās putekļi, norima viesul's,

vēsmiņa dzestra

Tīrīja gaisu; tālākā istabā rādījās gaišums;

Iz šā gaišuma iznāca kāds jo cienījams vecis,

Sveica Lāčplēsi, sacīdams: "Mans dēls, vēlēju labu

Tevim un latviešu tautai! Tu esi pārspējis jodus

Negantos, atņēmis tumsības varai Burtnieku pili;

Rītā tā rādīsies dienas gaišumā. Gaišumu nesis

Tautai ar šeitan sakrātās vectēvu garīgas mantas,

Kuru starpā atrodas arī likumi mani.

Saki tur augšā, ka likumi šie ir iz dievības ņemti, -

Uzturot viņus, tauta zels un mūžīgi nemirs!

Viduveds esmu es. Esmu dibināj's latviešu tautu.

Mans dēls, dzīvo ar dieviem, guli mierīgi tagad

Burtnieku pilī, manas meitiņas iemidzis tevi!"

Vecais, to sacījis, izklīda atkal gaišumā lēnām.

Ienāca pēc tam trīs it skaistas jaunavas iekšā.

Rokās tās nesa meldru pagalvjus, palagus, segus,

Taisīja Lāčplēsim gultu un lūdza, lai ejot tas gulēt.

Lāčplēs's ar bija piekusis ļoti, nolikās gultā.

Jaukas kā dieviešu dziesmas skanēja Lāčplēsim ausīs -

Viegli tam elpoja krūtis, acis aizslēdzās cieti,

Likās, ka gultiņa viņa paceltos augšā jo viegli

Līdz ar tīstokļu šķirstiem, līdz ar Burtnieku pili.

Nākošā rītā brīnījās visi Burtnieku ļaudis,

Redzot, ka ezara vidū uz kādas saliņas stalta

Stāvēja veclaiku pile. Laimdota pateica tēvam,

Lāčplēs's ka palicis vakar grimušā pilī pa nakti.

Burtnieks zināja tūliņ, ka tagad svabada vecā

Burtnieku pile. Priecīgs tas kopā ar Laimdotu devās

Turpu. Iekšpusē tie vēl atrada Lāčplēsi guļot.

Laimdota lēni to uzmodināja. Atverot acis,

Redzēja Lāčplēs's, ka logos spīdēja saulītes stari.

Ātri uzcēlies, jauneklis apkampa Laimdotu un, to

Sirsnīgi skūpstot, sacīja: "Tagad tu piederi manim,

Tagad sarautas saites, kuras mums vienoties liedza!" -

"Slavēti dievi, slavēti visi labajie gari!"

Sacīja Burtnieks. "Laimdota pieder vienīgi tevim.

Saņemiet svētību arī no manām tēviškām rokām:

Lai caur šo derību vienojas divas slavenas ciltis,

Kurām ir nolikts apgaismot, apsargāt latviešu tautu!"

No ši laika nu bieži nogāja jaunajie ļaudis

Vecajā pilī, lasīja tos tur glabātus rakstus;

Pie tam Lāčplēs's par brīnumu lielu atrada, cik daudz

Bija Laimdota mācīj'sies vecos Burtnieku rakstus;

Cik tā jauki zināja runāt par augstajiem dievu

Likteņiem, cilvēku tikumiem, tautu un varoņu teikām.

Kādā vakarā, atkal kad viņi sēdēja kopā

Vecajā pilī, Laimdota bija tīstokli kādu

Tinusi vaļā un sacīja: "Tagad lasīšu tevim

Priekšā par mūsu nogrimušo un caur tev' uzcelto pili:

Austrumā tālu, aiz septiņām lielām karaļu zemēm,

Pacēlās gaisā balts mākulis itin kā apsedlots kumeļš;

Mākoņam virsū sēdēja Pērkons ar pātagu rokā,

Kuru plīkšķinot, zibiņi šķīda un akmeņi plīsa,

Kalni un lejas drebēja, trīcēja cilvēku bērni.

Pērkons austrumā sauca, ka zeme dimdēja: "Kas grib

Līdzi man staigāt un maniem dieva likumiem klausīt,

Tos es vadīšu tālu uz vakariem jaunajā zemē!"

Visi stāvēja klusi, bīdamies bargajā dieva;

Pēdīgi sacēlās Burtnieku cilte - dūšīgie, stiprie

Kareivji, gudrie rakstu pratēji, teikdami: "Tevim

Staigāsim līdzi, varenais Pērkons, klausīsim tavu

Balsi kā ticīgi ļaudis, ved mūs uz jaunajo zemi!"

Pērkons jāja pa priekšu, Burtnieki staigāja pakaļ

Tālu pret vakariem. Ceļā tie satika negantas tautas,

Briesmīgus milžus, pūķus un
visādus nešķistus jodus,

Kuri tiem uzkrita. Pērkons tos
spārdīja. Burtnieki dūra

Šķēpiem. Tā tie atkāvās līdz kādai
vakara jūrai,

Kur tie pirmo reiz varēja mierīgi
apmesties, tādēļ

Sauca to "Baltajo jūru". Burtnieki
atrada zemes

Viducī auglīgu ieleju, kurā tie
nometās dzīvot.

Burtnieki būvēja ielejā pili, nolīda
mežus,

Iesēja miežus, un Pērkons deva
auglīgu lietu,

Patrimps ar Saulīti - briedušas
vārpas; rudenī Ūziņš

Dāvāja medu, dievdēli līdzēja
miestiņu darīt.

Burtnieki dzēra un priecājās.
Jaunekļi apņēma daiļas

Līgavas, - vairojās viņu ciltis
Baltijas ārēs.

Atnāca Ziedon's - nolaidās Līgo ar
zeltotām koklēm,

Priecīgas dziesmas skanēja jauki
kalnos un lejās.

Tie bija līgsmīgi zelta laiki
Burtnieku zemē!

Jodam netika Pērkona laimīgā
Burtnieku cilte;

Jods nu sūtīja Viesuli Baltajā jūrā

un lika

Sagriezt milzīgu ezaru gaisā un
nomest to zemē

Burtnieku ielejai virsū. Burtnieki
redzēja kādā

Dienā briesmīgu viesuli šņācot un
griežoties augšā;

Vecis kāds, to redzēdams, nodurt
to gribēja, ņēma

Trīs asmiem dakšu, apgāja riņķī
viesuļam un, to

Apvārdoj's, taisījās dakšu mest jau
viesuļam sirdi.

Otris, to redzēdams, sacīja:
"Pagaidi, kamēr es ūdens

Vārdus sacīšu, - liekas, ka aiz
viesuļa ezars

Meklējas vietas, - nokritīs zemē,
līdz apstāsies viesul's."

Pirmais to nelika lāgā, svieda gaisā
ar dakšu -

Viesulis izklīda, un tad rūkdams
nokrita ezars

Zemē, pildīja ieleju, apklāja
Burtnieku pili!

Burtnieki būtu pagalam, nebūtu
viņiem par laimi

Klātumā atradies Līgo. Līgo nu
iesāka koklēt,

Ezara dibinā dziedāt, dziedāt tik
dailīgi, ka pat

Akmeņi mīksti palika, zeme
dalījās, un drīz

Burtnieki līdz ar Līgo dziesmu dailīgām skaņām

Iznāca laukā pa plašu alu pie saulītes gaismas!"

Citā reizē Laimdota atkal tur lasīja šādi:

"Sākumā nebija nekā. Bez gala tālumā mita

Tikai tas dīvainais atspīdums, no kā cēlušās visas

Lietas, - pats bez sākuma un bez gala kā visas

Pasaules dvēsele, visu garu augstākais, vecais,

Mūžīgais dievs un viņam blakus dzīvoja otris

Gars - tas velns bija; bet vēl bija tas paklausīgs dievam

Visās lietās un nebija Jaunumā atkritis no tā,

Lai gan domāja toreiz jau pats uz labumu savu.

Dievs bija domājis pasauli radīt un sacīja velnam:

"Nolaidies muklainā dibinā, tur tu atrasi kādas

Cietēj'šas dūņas; pagrābi vienu sauju no tām un

Uznesi augšā." Velns ar nolaidās, atrada dūņas;

Ņemot tas domāja, dievs ko gan darīšot augšā ar viņām.

Lai ar to pašu varētu darīt, tas paņēma vienu

Sauju priekš sevim un to iebāza platajā mutē,

Otro sauju tas uznesa augšām un atdeva dievam.

Dievs, šo dūņu sauju izsēdams, sacīja: "Zeme,

Rodies!" Izsētā sauja auga par līdzenu zemi,

Bet ar otrajā sauja izauga velnam pa muti.

Velns, to ilgāki turēt nespēdams, sprūdīja laukā,

Un tā uzgrūda līdzenai zemei lielajos kalnus.

Dievs pēc tam paņēma pats iz sava spīduma kādu

Sauju, sēja to, teikdams: "Radaties, saule un mēness!"

Un redz, zeltota saule uzlēca, sudrabots mēness

Spīdēja zemē. Saule un zeme bija tik ļoti

Skaistas jaunavas, ka dievs pats tās mīlēja un no

Viņām radīja daudzi dievu dēlu un Saules

Meitu. Mēness apņēma kādu mīlīgu Saules

Meitu, un tūkstošas zvaigznītes viņu bērniņi bija.

Visi pirmajie dievu dēli jo vareni

bija,

Paši kā pilnīgi dievi; viņi dalīja visu

Pasauli sev par valdības nodalām. Pērkons ar saviem

Pieciem staltajiem dēliem būvēja debesu velvi

Priekš daudz mūžīgiem jaukiem garu mājokļiem, - Saulei

Kaldināj' zelta kumeļus, lai tā varētu viegli

No pat rīta līdz vēlam vakaram visu debesu velvi

Pārbraukt un savus kumeļus peldināt jūriņā. Antrimps

Vēlējās jūru par dzīves vietu, - vakaros Sauli

Jūrā saņēma, pārcēla zelta laiviņā to pa

Nakti uz rīta pusi, kur tā uzlēca atkal.

Patrimps aptērpa zemi zaļā uzvalkā un ar

Ziedoni kopā rotāja ziediem un zeltotām vārpām.

Pakols bruģēja ceļu uz nākošām dvēseļu mājām.

Daudz caur velna nedarbiem tikušas citādas lietas,

Ne kā sākumā bija. Visi akmeņi bija

Mīksti. Dievs nu sacīja velnam, lai neminot uz tiem,

Kamēr būšot tie tapuši reizi par irdenu zemi.

Velns tak, gribēdams zināt, kas tad notikšot, kad tas

Akmeņos iemīšot, meklēja kādus akmeņus lielus,

Tanīs iemīdams. Acumirklī akmeņi visi

Palika cieti. Daugavas malā atrodas viens tāds

Akmens, kur vēl šodien redzama iemīta pēda;

Ļaudis to tagad velna pēdas akmeni nosauc.

Sākumā kokiem nebija zaru, bet stumbeni gaisā.

Velnam bij izkapte, ar ko tas sevim sapļāva sienu;

Dievam bij kaltiņš, kaldināts viņam no Pērkona dēliem.

Velns kamēr gulēja, paņēma dievs šā izkapti un ar

To sev sapļāva pulka siena; uzcēlās velns un

Brīnījās, dievs kā varējis sapļaut ar kaltiņu sienu,

Gribēja pats ar mēģināt pļaut ar kaltiņu sienu.

Zālē iestājies, velns nu meta ar kaltiņu, bet tas

ieskrēja kokos, - no šā laika atradās zari.

Velnam bija daudz govu, visas

toles bez ragiem

Un ar apaļiem, nešķeltiem nagiem, un zilganu spalvu.

Dievs ar būvēja kūtis; velns nu prasīja: "Ko tu

Vedīsi kūtīs, kad tev pavisam vēl govu nav?" Dievs tam

Atteica, govis gan dabūšot. Aizdzina nākošā naktī

Dievs iz velna laidara govis uz jaunajām kūtīm,

Pāršķēla nagus, pielika ragus un raibotu spalvu.

Otrajā rītā velns nu gribēja govis dzīt ganos,

Bet tas atrada laidaru tukšu; aizskrēja velns uz

Dieva jaunajām kūtīm, tās bija pilnas ar govīm,

Bet pavisam svešādas sugas, pāršķeltiem nagiem,

Līkajiem ragiem, dažādā spalvā, raibaļas, lauces.

Kādu reiz dievs vēlējās sunīti, sacīja velnam:

"Ņem šo spieķīti, noeji kalnā, taisi no zemes

Kustoni šādu: galvu ar purnu, divējām acīm, ,

Divējām ausīm, četrējām kājām, asti un spalvu;

Siti tad ar šo spieķīti, trīs reizes sacīdams: "Dievs tev'

Radījis," tūdaliņ dabūs tas dzīvību." Nogāja kalnā

Velns un taisīja kustoni, sita ar spieķīti, teikdams:

"Dievs tev' radījis!" Sunītis uzlēca augšām un skrēja

Dievam pakaļ. Velns nu gribēja arī priekš sevis

Sunīti radīt, bet to taisīja lielāku nekā

Dieva sunīti un ar spalvu tumšāku; savām

Uzacīm kādas spalvas izplūkdams, piesprauda tās pie

Kustoņa acīm, paņēma spieķīti, sita un teica:

"Velns tev' radījis!" - bet tas nemaz necēlās augšā.

Beidzot tak bija jāsaka: "Dievs tev' radījis!" - kuston's

Uzlēca augšā un velnam krūtīs pieslējās. "Ūja,

Vilks!" tas iesaucās. Vilks nu ieskrēja mežā.

Dievs nu beidzot cilvēku radīja. Nogājis lejā

Jaukākā zemes viducī, dievs tur paņēma tīru

Zemes pīti un darīja cilvēku tikai ar vienu

Aci un ausi, divām rokām un kājām, tā teikdams:

"Tev būs redzēt tik labu, dzirdēt

tik labu un darīt

Otru tiek laba un staigāt tiešām pa labajiem ceļiem."

Dievs tam ieurba vienu nāsi degunā un tur

Iepūta savu dzīvības dvašu, sacīdams: "Būsi

Līdzīgs dieviem, cēlies iz mūžīga dievības gara!"

Cilvēks iesāka viegli elpot un dusēja pirmā

Saldajā miegā. "Guli līdz rītam," tas sacīja. "Saule

Uzlēkdama modinās tevi uz laimīgu dzīvi!"

Nakti tomēr atnāca velns un, cilvēkam guļot,

Taisīja otru aci un ausi, sacīdams: "Tevim

Redzēt būs Ļaunu, dzirdēt ar Ļaunu un darīt jo projām

Pusē labu un Ļaunu, klibojot abējās pusēs."

Velns tam ieurba otru nāsi degunā un tur

Iepūta arī no savas dvašas. Otrajā rītā,

Saulei uzlecot, uzmodās pasaulē radījums visu

Brīnišķākais. Pildīts ar brīvu dievišķu garu,

Dzīdamies augsti pēc dievišķa mērķa, darīdams labu,

Pats sevi aizliedzot, dzīvību savu nododams, lai tas

Panāktu mūžā augstāko tikumu pilnību, pie kā

Tam var būt tik liela griba un nelokāms prāts, ka

Tas pat dievus var pārspēt. Turpretī otrādi, Ļauns un

Briesmīgs, slepeni uzkrizdams, nokaudams, maitādams visu

Labu pasaulē, darīdams to par niknāko pekli.

Redzēdams samaitāto cilvēku, apskaitās dievs nu

Ļoti par velnu, sodīja ar mūžīgiem lāstiem,

Aizdzina projām no sevis un to nogrūda peklē.

Velns tur radīja nešķīstus garus un briesmīgus pūķus,

Nāca tad augšā un sāka ar dievu negantu karu.

Visi dievi un dievu dēli nu karoja pretim;

Karojot juka un plīsa zeme ar debesi, vētras

Krāca, Pērkons briesmīgi rūca un, zibiņiem sperot,

Kalni nogrima, jūra, debešos celdamās, lielus

Zemes gabalus apklāja. Pēdīgi velni un jodi

Uzvarēti un bezdibenī slodzīti

k~uva,

Kur tie briesmības dara un, augšā nākdami, meklē

Cilvēkus kārdināt, ievilt savos ļaunuma tīklos;

Pērkons taču, tos manīdams, sasper un atpakaļ aizdzen."

Pēc tam kādā vakarā atkal Laimdota, kādu

Vecu tīstokli ņēmusi, teica: "Lāčplēsi, klausies,

Lasīšu tagad iz gudrā Vidveda mācībām, kādas

Devis tas tikai priekš tādiem, kuri var saprast un panest."

Laimdota atvēra tīstokli, lasīja nodaļu šādu:

"Laiks ir mūžība. Ārpus šī laika skrituļa citu

Kādu mūžību domāties aplama ticība būtu.

Aiziet laiks, atiet laiks, bet nekad laiks nepaiet, tādēļ

Dieviem, saulei un zemei pietiek ar ilgajo laiku.

Kādēļ gan cilvēkam nebūtu diezgan, kurš, tik vien īsu

Brītiņu dzīvodams, bauda ar apziņu ko no šā laika?

Cilvēce pati tomēr par sevi bezgala laiku

Mūsu pasaulē ieņem; kas gan skaitīs tos gadus

Atpakaļ, pirmais cilvēks kad pasaulē atpleta acis,

Un kas noteiks to dienu, kad pēdīgais aizdarīs acis?

Vienīgais cilvēks nomirst, veselas tautas var izmirt,

Cilvēku cilts tomēr dzīvos, kamēr stāvēs šī zeme.

Priekš šās lielās, neizmirstošās cilvēku tautas

Darboties, viņai palīdzēt vienādi pilnīgai tikt un

Augstu stāvokli ieņemt, priekš tās dzīvot un nomirt

Ir ikkatra cilvēka uzdevums laicīgā mūžā.

Tāpat kā vienīgi cilvēki, var arī vesela tauta

Pacelties gudrībā augsti, tā ka tiek līdzīga dieviem, -

Bet tad viņa vairs netic saviem bijušiem dieviem,

Kuri tai izliekas zemi; viņa izvēlas sevim

Augstākus dievus, jaunu, brīnišķu ticību, un tā

Pirmajā vēlāk par māņu ticību paliek.

Še nu ir darbalauks cilvēces draugiem aizstāvēt, sargāt

Tautas no maldīgām ticībām, kuras

brīvības garu

Valdzināt dzenas un grozās tik zināmām kārtām par labu.

Tautas prāts ir dievu prāts. Viņai ir tiesība pašai

Tādēļ vadoņus savus un arī valdoņus iecelt;

Bet, ja vēlētie vadoņi nepilda tautisku prātu

Un dēļ sava labuma dažas kārtas vai visu

Tautu grib nospiest, tautai tad ir pilnīga vara

Itin kā citus nederīgus kalpus, vadoņus atcelt.

Brīvības mīļotājiem še atkal darbalauks rodas

Tautām labus likumus pasniegt, kas apsarga visu

Locekļu mantu un dzīvību, dibinātus uz augstiem

Cilvēces tikumiem, nepārgrozāmiem likumiem dabā.

Tad ar viss tautu un cilvēku ienaids pasaulē zudīs,

Ja pie tam viņi dabas tiesības pilnīgi atzīs,

Tulkos viņas noslēptus, brīnišķus, varenus spēkus.

Še ir vislielākais darbalauks tiem, kuriem dāvanas dotas

Gaismotā garā iet un pētīt, rakt, svērt un mērot.

Dibināt, domāt pa dabas tālajo, plašajo lauku,

Atklāt miglaino segu no sirmās senatnes, caur ko

Cilvēki, mācoties pazīt pagātni, varēs ar drīzi

Savu klātību pārlabot un tad sataisīt jauku,

Lielu nākotni pilnīgi glītotā, laimīgā veidā.

Katris, strādādams priekš šā augstajā cilvēces mērķa,

Panāks pie saviem tautiešiem, kā ar pie cilvēces visas,

Lielāko godu un slavu, un, pēdīgi aizdarot acis,

Pavadīs sērodamas draugu sirdis un vadīs

Pateicīga tauta viņu uz pēdīgo dusas

Vietiņu dabas-māmiņas klēpī; piemiņa viņa

Nezudīs tautu sirdīs, un viņa gars mājos tur augšām

Gaismas dzīvokļos dievu dēlu pulciņā mūžam!"

Laimdota palika klusu -satina tīstokli un to

Nolika šķirstā pie citiem, teikdama: "Daudz vēl še tādas

Mācības atrodas putekļu šķirstos; izlasīt viņas

Visas varētu tikai pa kādiem

ilgākiem gadiem.

Varbūt ka vēlākos laikos slaveni tautieši viņas

Vedis pie saulītes gaismas, putekļus tīrīs un tautai

Darīs zināmas senatnes mācības, ziņas un teikas!"

*

Veļu-laiks bija pienācis. Laimdota strādāja visu

Dienu pa kukņu, mielastu sagatavodama; šonakt

Burtnieks gribēja sagaidīt veļus un pamielot savu

Mīļo dvēseles, kuri caur nāvi šķīrušies bija.

Lāčplēs's ar Koknesi arī strādāja; lielajā rijā

Sastūma ārdus, slaucīja krāsni, tīrīja klonu.

Un tad visas šās telpas pušķoja ozolu zariem,

Smalkām skujām un baltām smiltīm kaisīja plānus.

Rija arvienu bij mīļākā vieta priekš visādiem mājas

Gariem: krāsns bedrē dzīvoja rūķi, aizkrāsnē ciemnieks;

Ļauniem kaimiņiem augšā uz rijas tupēja pūķis;

Ziemā, kad labības kulšana beigta, tukšajās rijās

Stomījās pusnaktīs visādi mošķi, ķēmi un spoki.

Šonakt visiem šiem mājiniekiem bija jāatstāj rija,

Jāatdod vieta veļiem, cienīgiem miroņu gariem.

Lāčplēs's ar Koknesi, tīrīt un pušķot beiguši telpas,

Atnesa galdus un meldru krēslus un nolika rijā;

Laimdota apklāja tos ar smalkiem, baltajiem linu

Galdautiem, uzlika siltus plāceņus, pienu un medu.

Salika gaļas bļodas ar mīkstiem vārītiem kūķiem.

Burtnieks atvilka vaļā logus un pieslēja abās

Pusēs lubiņas, veļi lai varētu ievelties viegli.

Vēlāki sanāca pilssaime rijā, un Laimdota līdz ar

Citām jaunavām nolika grozus un smalki

Sukātus linus pagaldēs; pie tam dziedāja viņas:

"Augšlecīte, Zemlecīte,

Velies vilnas groziņā,

Velies vilnas groziņāi,

Sēdies meldru krēsliņā!

Velies viegli, Veļu-māte,

Manā tēva rijiņā,

Lai pēdiņas nepalika

Baltā smilšu plāniņā!

Es tev lūdzu, Veļu-māte,

Baudi mūsu mielastiņ',

Baudi mūsu mielastiņu,

Taupi manu augumiņ';

Taupi manu augumiņu,

Kamēr mūžu nodzīvoš'.

Kamēr mūžu nodzīvoš',

Tautu dēlu aplaimoš'!"

Tumsai metoties, tika aizdegti
skali un lāpas.

Visi palika kopā līdz pusnaktei;
Burtnieks tad teica:

"Bērni, eita nu mierīgi gulēt un
nedarat troksni,

Laižat man vienam še palikt
sagaidīt mirušo ēnas!"

Visi klusumā izšķīrās, katris
meklēja savu

Dusas vietu un vēlējās netraucēt
svētajo nakti.

Rītā Burtnieks ar Lāčplēsi gaidīja
Laimdotu nākot,

Kurai bij jānes no rijas veļu ēdieni,
lai tie

Tagad ar paši no svētītas barības
dabūtu baudīt.

Burtnieks bij domīgs, sacīja tad uz
Lāčplēsi: "Mans dēls,

šonakt, veļiem ienākot, ievēroju
dažādas zīmes,

Kuras mums un zemei sludina
bēdīgus laikus;

Arī tavs un Laimdotas liktenis
liekas tur stipri

Aizņemts. Pērkons un dievi lai
izvada visu par labu!

Bet kur gan kavējas mūsu
Laimdota? Palūko, vai tā

Nav vēl cēlusies!" Lāčplēs's
Laimdotas kambara durvis

Atrada aizgrieztas; saucot un
klauvējot atbildes nebij.

Atpakaļ griezies, tas sacīja, laikam
jau Laimdota būšot

Izgājusi. Viņi nu lika klaušināt visā

Pilī pēc Laimdotas, bet neviens to
nebij redzēj's.

Burtnieks nu abi ar Lāčplēsi
Laimdotas kambara durvis

Uzlauza, bet to atrada tukšu, -
stāvēja gulta

Vakar kā salikta, Laimdota nebija
gājusi gulēt.

Bailes un briesmas pārņēma visus;
izskrēja tie nu

Meklēt visapkārt pilī un apkārtnes
vietās,

Tomēr par velti. Arī Koknes's
neradās pilī -

Abi ar Laimdotu bija un palika
zuduši viņi.

Satriekts atgriezās vecais
Burtnieks mājās no veltas

Meklēšanas. "Dēls," tas teica uz
Lāčplēsi, "dieviem

Paticis grūti mūs abus piemeklēt.
Veltīgas sēras

Neder še; manim liekas, ka
Laimdota kritusi kāda

Ļauna nodoma varā, tādēļ vienīgi
ātris

Apķērums šeitan var līdzēt.
Sasauci kareivjus manus,

Dzenaties pakaļ ļaundariem,
varbūt ka panāksiet viņus!"

Lāčplēs's atteica: "Ne tā, mīļais
tēvoci; tavi

Ļaudis lai meklē sevišķi paši, mani
tie tikai

Kavētu; iešu viens pats un svēti
apsolu tevim

Laimdotu atrast un pārvest
Burtnieku pili,

Jeb ar Lāčplēsi būsiet redzēj'ši
pēdīgo reizi!"

Lāčplēs's bruņojās drīzi;

Burtniekam teicis ar dieviem,

Atstāja pili, kur baudījis bija
laimīgus brīžus.

*

Turaidas pilī sēdēja lielajā mājā
trīs vīri,

Nopietni sarunādamies. Divi no
viņiem bij abi

Svētuļi, Kangars un Diterichs,
trešais bij slavenais Kaupa.

Glūnīgais Vāczemes priesteris bija
drīzumā pratis

Kaislīgo virsaiti valdzināt savos
mācības tīklos;

Sākumā stāstīja tas viņam daudz
par Vāczemes dzīvi,

Gudrību, mākslu, tautas slaveniem
varoņiem un par

Ticību patiesu, kura vienīgi mūžīgi
svētu

Dara un apsola nomirstot dvēselei
debesu priekus.

Tālāki stāstīja Ditrichs par Romas
svētajo tēvu.

Kurš ar bruņnieku biedrību kopā
nospriedis visām

Tautām pasaulē arī šās ticības
svētību pievest.

Ditricham līdzēja Kangars, - tātad
Kaupa jau bija

Tik tālu dabūts, ka šaubīties sāka par vectēvu dieviem.

Tagad tas ziņoja atkal, ka esot iz Vāczemes kuģis

Atnācis; Vāczemes ļaudis vēloties nomesties šeitan

Un pie Daugavas Rīdziņu grīvā dibināt jaunu

Pilsētu, kura daudz labuma darīšot tirdzības ziņā

Visā Baltijā, ja vien Kaupa to vēlējot labprāt.

Lasīja vēstuli vēl no Romas svētaja tēva,

Ka tas apsveicot Kaupu un savu svētību viņam

Nosūtot, vēlēdams virsaitim viņu apmeklēt Romā.

Turklāt Diterichs teica, ka Kaupa varēšot pats tad

Savām acīm skatīties Vāczemes jaukumus un caur

Svētā tēva draudzību pelnīties godu un slavu.

Kaupam sacēlās kārība slavēto Vāczemi redzēt,

Juta ar ļoti godātu sevi no svētajā tēva;

Tādēļ tas solīja vāciešiem atļaut pilsētu uzcelt,

Apņēmās doties uz Vāczemi līdzi ar lielajo kuģi.

Diterichs dzīrās to pavadīt, novest pie svētaja tēva.

Tajā dienā pēc veļu nakts gribēja doties tie ceļā.

Šķiroties solīja Kangars tos gaidīt pie Rīdziņu grīvas.

Dienā pēc veļu nakts Rīdziņu grīvā redzēja lielu

Ļaužu drūzmu staigājot. Lielais Vāczemes kuģis

Taisījās ceļā. Zēģeļus izpletis, līgojās tas uz

Lēnajiem Daugavas viļņiem. Dažādas Vāczemes lietas

Tika vēl ātrumā mainītas pretim ar šejienes precēm.

Vācieši, kuri palika šeitan, derēja līvus,

Latviešus viņiem palīdzēt jauno pilsētu uzcelt.

Drīzi ar ieradās virsaitis Kaupa, pavadīts tas no

Ditricha, gāja uz kuģi. Ļaudis to apsveica skaļi.

Augšā uz kuģa nostājies, runāja Kaupa uz ļaudīm:

"Mīļie tautieši, manim ir stāstītas brīnuma lietas

Par to slavēto Vāczemi, bagātu visādām mantām;

Tādēļ domāju noslēgt ar vāciešiem draudzību un tiem

Atļaut mūsēju zemē jaunu pilsētu uzcelt,

Caur ko arī pie mums še tirdzības avoti jauni

Atvērsies, vairosies manta un mūsu tēvija uzzels.

Lai nu dabūtu pats no tā pilnīgu uzskatu, braukšu

Tagad uz Vāczemi, solīdams visiem jums paziņot vēlāk,

Ko mums tautiešu labumā pienāksies tālāki darīt.

Tik ilgam dzīvojiet šeitan ar vāciešiem it kā ar draugiem!" -

"Kaupa lai dzīvo! Lai ar dzīvo kaimiņi svešie,

Ja tie ar labu nodomu mūsu draudzību vēlas!"

Saukdami ļaudis tā atbildi deva uz virsaiša runu.

Kuģis laidās ar pilnajo vēju projām, un ļaudis,

Cepures vicinot, pakal tam skatījās. Svētulis Kangars

Nebrauca līdzi, viņš vislabāki zināja, kādēļ

Šāda draudzība meklēta tika no vāciešu puses.

Abi ar Spīdalu, kura ar šurpu nākusi bija,

Skatījās viņi, spītīgi smiedamies, iepakaļ kuģim.

Tomēr vēl cits kāds zināja viņu nolūku ļauno.

"Lāčplēs's, milzu vārētājs, atjāj," dzirdēja saucam

Ļaužu' pulkā. Ātrumā drūzma dalījās, vietu

Dodama Lāčplēsim, kurš jau putās saskrietu zirgu

Turēja. Zemē nolēcis, devās tas Kangaram klātu,

Bargi to prasīdams: "Saki, tu vecais ļaundari: kur ir

Laimdota, Burtnieka meita? Jeb šis mans zobins tev kaulus

Sakapās! Labi zinu, ka tavi nodomi ļaunie

Vainīgi ir pie viņas zušanas." Kamēr vēl Kangars

Atbildēt varēja, rādīja Spīdala debešu malā

Tālu uz peldošu kuģi, spītīgi teikdama: "Lūk, tur

Viņa aizbrauc uz Vāczemi kopā ar Vāczemes zēniem!" -

"Blēži, ļaundari, tautas slepkavas!" jauneklis sauca.

"Ļaudis, neklausat viltniekiem šiem, es pazīstu viņus!

Svētulis Kangars un Spīdala abi ir pesteļu kalpi,

Kuri dēļ sava labuma nodod ticību, tautu!

Neticiet arī šiem viltīgiem svešajiem Vāczemes ļaudīm,

Ja jums brīvība ir un vectēvu ticība biedroties pie šiem mīla!"

Kamēr ļaudis izbij'šies tādu briesmīgu vainu

Klausījās, saņēmās Kangars ātri bailīgā brīdī -

Nupat tas varēja pazaudēt visu labajo slavu;

Tādēļ tas teica uz Lāčplēsi: "Jaunais varoni, es par

Tādu apvainošanu vēlētu Pērkona sodu,

Ja man nebūtu zināms, ka pats esi mānīts un pievilts.

Gan par mūsu tautiešu labumu atbildēs Kaupa

Pats, kurš uz Vāczemi aizbrauca, lai tur varētu savām

Acīm redzēt, cik tālu mēs varam šiem sveš'niekiem ticēt.

Otrais tavs pārmetums skaidrojas pats jau gluži no sevis:

Laimdota viena nāv negribot vesta uz Vāczemi - Koknes's,

Kuru tā slepeni mīlēja, viņu pavada; tas jau

Agrāki zināja to, ka Kaupa gribēja braukt uz

Vāczemi un no pils savas kādus jaunekļus paņemt

Līdzi dēļ mācīšanas Vāczemes gudrības ziņās.

Arī Koknes's pieteicās, gribēdams šaiizdevīgs Burtnieku pili

Vāczemes mācekļiem. Viņu nakt' veļu nakts klusumā abiem

Viņiem ar Laimdotu brīdis bij

Atstāt un kopā ar Kaupas jaunekļiem aizbraukt uz tālo

Vāczemi. Dodies mierā, slavenais varoni jaunais,

Laimdota tevi nekad nav patiesi mīlēj'si, - viņa

Cienīja tavus varoņa darbus un negribēja tevi

Skumdināt, tavu mīlību neatbildot, bet sirds tak

Prasa savu tiesību; tagad Laimdota jūtas

Pilnīgā laimē pie sava īstenā mīļākā krūtīm!"

Pērkons ja būtu tai vietā piepeši iespēris, vairāk

Nebūtu Lāčplēs's iztrūcies nekā par Kangara vārdiem.

Bāls un satriekts tas nolaida roku ar zobenu, kuru

Bija pret Kangaru pacēlis. Neizsakāmas sāpes

Sirdi tam sažmaudza, greizsirds asajie asmeņi pirmo

Reizi sagrieza viņa krūtis. Koknes's; kā viņa

Ticamais draugs, tāds viltnieks, Laimdota, kuras pēc simtu

Dzīvības būtu nodevis, neuzticīga,
- vai tas

Varēja būt? Un tomēr, lai gan tas
Kangara vārdiem

Neticēja, taču nevarēja cita iemesla
atrast.

Kādēļ gan Koknes's abi ar
Laimdotu Burtnieku pili

Slepeni atstāja? Tūliņ tādas domas
jau viņam

Pašam iešāvās prātā, bet tām viņš
nedeva vietas.

Tagad caur Kaupas braukšanu tālu
uz Vāczemi visas

Šejienes lietas dabūja savādu
uzskatu; arī

Lāčplēsim nebij ko šaubīties tālāk
par slaveno Kaupu;

Tādēļ tas teica: "Neticu abus jūs
esam bez vainas,

Tomēr gaidīšu, kamēr Kaupa būs
pārnācis mājās

Vai kāds kuģis vēl atnācis, pārnesis
turienes ziņas;

Sargaities tad, jūs liekuļi abi, ja
meloj'ši būsiet!"

Lāčplēs's, vairāk tos
neievērodams, uzlēca zirgā

Un it stalti aizjāja projām gar
Daugavas malu.

Jodiskā priekā skatījās Spīdala
iepakaļ viņam, -

Tagad bij reizi izdevies, ko tā jau
vēlējās ilgi;

Lāčplēša liktens šitādā ziņā bij
rūgtāks kā nāve!

Dziļi noskumis nojāja tas beidzot
Lielvārdē sava

Tēva mājās. Priecīgi tēvs še
apsveica dēlu,

Bet ar tūliņ redzēja, ka tas ir
nelaimīgs. Prasot,

Kādas lietas dēļ, Lāčplēs's tēvam
stāstīja visu.

Lielvārds sacīja: "Priekšlaikā
neizsamisējies, dēls mans,

Nezaudē cerību. Likteņa ceļi ir
brīnišķi. Tādēļ,

Lai gan pretim viss liecina,
Laimdota tomēr var būt bez

Vainas un vienīgi tevi mīlēt un
ticīga palikt."

Lāčplēs's caur tēva sirsnīgiem
vārdiem palika drusku

Mierīgāks, sūtīja vēstis vecajam
Burtniekam, cik daudz

Tas par Laimdotas likteni zināja;
pats viņš tad kādu

Laiku gribēja dzīvot pie tēva
Lielvārdes pilī.

Tomēr skumjas un sēras pārņēma
jaunekļa sirdi -

Vientulis staigāja tas gar stāvajiem
Daugavas krastiem,

Baltajiem ūdeņu viļņiem bēdīgo
likteni sūdzot;

Līdz ar ūdeņu viļņiem vēlējās
doties tas jūrā,

Karot ar Ziemeļa vējiem, lūkoties
Ziemeļa meitas;

Varbūt ka Ziemeļa meita, cēla kā
ziemeļa blāzma,

Vēsotu karstošo galvu, dziedētu
vainotās krūtis.

Jauneklis domāja tā un vēlējās -
līdz kamēr viņa

Nebija Lielvārdē. Redzēts tas
netika it ne no viena,

It nevienam nebija zināms, kur
palicis varon's.

IV DZIEDĀJUMS

**KAUPA PIE SVĒTAJA TĒVA ROMĀ
- RĪGAS DIBINĀŠANA -
LAIMDOTA NONNU KLOSTERĪ -
KOKNEŠA UN LAIMDOTAS
BĒGŠANA IZ KLOSTERA -
LĀČPLĒSIS ZIEMEĻA JŪRĀ -
ZIEMEĻA MEITA - SUMPURŅI -
ZEMES MALA - DIMANTA KALNS
- APBURTA JŪRAS SALA**

Romā, lielā, vecā Romā,

Svētais tēvs kur dzīvoja,

Tur priekš svētas Māras zemes

Krusta karus izsauca.

Svētais tēvs par Māras zemi

Novēlēja Baltiju;

Bruņeniekiem, grēciniekiem

Visus grēkus atlaida,

Tos par Māras vietiniekiem

Baltijā še iecēla,

Lai tie turp ar kuģiem brauktu,

Karotu pret pagāniem,

Zemē mūra pilis celtu,

Apsargātu priesterus.

Pieteicās tad arī pulka

Tādu laimes ricaru,

Kuriem pašiem nebij zemes,

Bet pa zemi klaidoja,

Visus ceļus, jūras malas

Nedrošus tie darīja.

Šodien savā Pēt'ra pilī

Svētais tēvs tos pieņēma;

Cēla viņiem kara-vadus,

I7eva līdzi bīskapus.

Beidzot viņam priekšā laida

Divus vīrus sevišķi,

Ditrichi un Kaupu, abus

Nākušus no Baltijas.

Svētais tēvs tiem laipni lāva

Bučot savas tupeles;

Īpaši ar Kaupu mīļi

Tas caur tulkiem runāja:

Vaicāja par viņa zemi

Un par ļaudīm Baltijā;

Prasīja, vai viņi gribot

Pieņemt Kristus ticību,

Kura mācot, ka par brāļiem

Jātur visi cilvēki, -

Tādēļ arī šiem kā brāļiem

Nākoties tie labumi,

Ko viņš tagad šeitan redzot

Un ko redzēj's ceļodams.

Bet tas viss vēl mazums esot

Pret to laimi mūžīgo,

Kuru ticīgie pēc nāves

Paradizē baudīšot!

Kaupa apmulsis bij tiešām,
Redzēdams tos greznumus,
Kuri Pēt'ra pilī Romā
Tam priekš acīm stādījās,
Vāji likās viņa dievi,
Viņa tēvu cienāmie,
Pret to dievu, kas še tautām
Piešķir tādu laimību.
Tādēļ tas ar neiespēja
Pretoties šai spožībai,
Apsolīja, mājās nākot,
Kristīties ar savējiem.
Bruņenieku kārtā cēla
Svētais tēvs to žēlīgi,
Lika Kaupam kroni nēsāt
Ziemeļ'zvaigznes septiņas;
Deva viņam vēl daudz citas
Retas, dārgas dāvanas;
Darīja to pazīstamu
Bruņeniekiem, bīskapiem,
Kuru pulkā tagad tika
Arī Kaupa pieskaitīts.
Un, no Romas svētā tēva
Dabūjuši svētību,
Devās visi līdz ar Kaupu

Atpakaļ uz Baltiju.
Jaunekļi, kas līdzi ņemti
Kaupam bij uz Vāczemi,
Tika atstāti pie mūkiem
Klosteros dēļ mācības;
Viens no viņiem, vēlāk slavens,
Bija Latvju Indriķis.

Ziedon's atkal nācis bija,
Zemi tērpa zaļumā,
Visa daba atdzīvojās,
Radītāju slavēja.
Cilvēki vien nevīžoja
Acis pacelt, lūkoties,
Kas šo zemi jauku dara,
Kas šai dabā rīkojas.
Viņiem bija cita griba,
Citas kaislas kārības:
Dīkā dzīvot, rīt un plītēt,
Citus spiest un kalpināt.

Rīdziņ' grīvā Daugavmalā
Simtiem ļaudis strādāja:
Cirta, raka, sita, kala,
Cēla jaunu pilsētu.
Cietināja to ar vaļņiem,
Vidū domu būvēja,

Velves, stabus, tumšus gaņģus,
Viņai apkārt mūrēja;
Pilsētu pie Rīdziņ-upes
Rīgu arī nosauca.
Rīgas domas tumšos mūros
Bīskaps Alberts valdīja,
Priesterus un bruņeniekus
Tas pa zemēm sūtīja;
Mācīt, kristīt, laupīt, nokaut
Viņi visur iesāka.
Divas pirmās pilis cēla -
Ikšķeli un Salspili.
Bailes, briesmas visu zemi
Pārņēma pie Daugavas;
Ļaudis atzina par vēlu,
Ka tie bija pievilti.
Visiem svešiem uzbrucējiem
Rīgā bija patversme, -
Ļaudis, Rīgas vārdu minot,
Noskumuši izsaucās:

"Rīga, cik tu izlējusi
Mūsu brāļu asinis!
Rīga, cik tu izspiedusi
Vaimanas un asaras!
Rīga, cik tu postījusi
Mūsu druvas, sējumus!

Rīga, cik tu dedzināj'si
Mūsu mājas, paspārnes!
Rīga, cik tu apēdusi
Mūsu maizes tīrajas!
Rīga, cik tu izdzērusi
Mūsu miežu miestiņa!
Rīga, cik tu aizvedusi
Mūsu mantas laupītas!
Rīga, cik tu paņēmusi
Mūsu brāļiem brīvības!
Rīga, saki, - ko vēl vairāk
Varētu tu kāroties?"

Kamēr visas šādas lietas
Notika pie Daugavas,
Vācu zemē tālu tālu,
Kādā nonnu klosterī,
Sēdēja aiz bieziem mūriem
Noskumusi meitiņa,
Atšķirta no saviem mīļiem,
Aizvilta no dzimtenes,
Aizvesta ar varu projām -
Bija mūsu Laimdota.
Spīdala un Kangars abi
Izdarīja krāpšanu;
Klusā veļu-naktī viņi
Nogāja uz Burtniekiem;

Spīdala par mātes garu
Parādījās Laimdotai,
Izsauca no mājas laukā,
Kur tai bija palīgi,
Kuri viņu sagūsti ja,
Aizveda uz Turaidu
Un no turienes par nakti
Tālāki uz Daugavu;
Nelīdzēja viņas runas,
Viņas gaudas, asaras, -
Kuģī tika ieslodzīta,
Aizvesta uz Vāczemi.

Ceļā Ditrichs pie tās nāca,
Raudzīja to mierināt,
Teikdams, lai tā nebīstoties,
Ļaunums nekāds nebūšot;
Ar šo kuģi līdzi braucot
Daži viņas tautieši,
Kuru starpā virsait's Kaupa
Atrodoties arīdzan.
Viņi gribot laužu dzīvi
Apskatīties Vāczemē,
Līdz ar apgaismotām tautām,
Pieņemt Kristus ticību -
Un šī dieva žēlastība
Arī viņai piešķirta;

To par brūti izredzējis
Kristus, lielais dieva dēls!
Laimdota to uzskatīja
Acīm nicinādamām,
Atbildēja viņam īsi,
Teikdama ar cienību:
"Ja tavs dieva dēls tas Kristus
Brūtes sev ar varu ņem,
Tad es viņa nemīlētu,
Kaut ar būtu svabada.
Bet es esmu saderēta
Kādam jaunam varonim;
Svētība, no tēva dota,
Mūsu sirdis vienoja;
Tādēļ laižat mani brīvu,
Nekārdinat veltīgi,
Citādi mans mīļais vēlāk
Briesmīgi jums atriebsies;
Bez tam esmu mātes meita,
Dzimusi no cilvēkiem,
Tādēļ kādam dieva dēlam
Es par brūti nederu."
Norūdīts iekš visa ļauna,
Ditrichs bez sirds apziņas
Pietvīka it kā no kauna,
Dzirdot tādu atbildi;
Tālāki vairs nerunādams,

Atstāja tas Laimdotu.

Tomēr netika vēl tādēļ
Viņas liktens labojies;
Gan tā lūdza pašu Kaupu
Sargāt viņas brīvību, -
Tas ar teica, ka ar varu
Viņas nepiespiedīšot;
Tomēr, ja nu liktens reizi
Viņu šeitan atvedis,
Tad tai taču jāpaliekot,
Līdz tas braukšot atpakaļ.
Tādēļ tas ar mieru bija,
Diterichs kad apņēmās
Laimdotu uz kādu laiku
Novest nonnu klosterī.
Taču tanī lielā skurbā,
Kas tam vēlāk gadījās,
Atpakaļ ar kuģi braucot,
Laimdotu tas aizmirsa.
Ditrichs arī neminēja,
Jo it labi zināja,
Kādu skaistu pērli devis
Bija nonnu klosterim
Un ka viņam pateicīga
Bija klost'ra priekšniece.

Priekšniece gan ļoti laipni
Apgājās ar Laimdotu,
Tomēr nekad neaizmirsa
Ņemties viņu pierunāt
Atstāt savus tēvu dievus,
Pieņemt Kristus ticību.
Kad tas neko nelīdzēja,
Tad ar draudiem iesāka;
Dzīrās kādam bruņeniekam
Atvēlēt to projām vest,
Kurš tad sev par lieku sievu
Viņu būšot paturēt.
Laimdota par tādu ziņu
Diezgan dikti izbijās,
Sevišķi, kad bija zināms,
Ka kāds tracīgs grafa dēls,
Apmeklēdams radinieci,
Augsto klost'ra priekšnieci,
Laimdotu ar bija redzēj's
Un, caur viņas skaistumu
Kairināts, tas bija lūdzis
Atdot viņam skaistuli;
Jo, pēc viņa grafa domām,
Nekristīgam meitenam
Nebija šai gaismas zemē
It nekādas tiesības, -
Varēja to paņemt, aizvest,

Darīt, ko vien vēlējās.
Laimdota nu tādēļ lūdza,
Laiku dot ko apdomāt;
Cerēja tā pa šo laiku
Atrast kādu padomu.
Laiks gan gāja, tomēr velti
Gaidīja uz glābšanu;
Rītā tai, ko apņēmusies,
Jāsaka bij priekšniecei.
Savus tēvu dievus atstāt,
Aizmirst tādas mācības,
Kādas bija lasījusi
Vecā pilī Burtniekos -
Ne par ko tā nevarēja,
Labāk nāvi vēlēties!

Vakarā tā savā gultā
Raudādama iekrita,
Lūdza visus labos garus,
Sūtīt viņai glābšanu.
Te uz reizi troksnis cēlās
Visā lielā klosterī -
Gāja, skrēja, lūdza, sauca
Visās malās cilvēki.
Beidzot lielais troksnis stājās,
Smagi soli tuvojās -
Viņas durvis vaļā slēdzās,

Un aiz durvīm rādījās
Vīri, dzelzu bruņās tērpti,
Apbruņoti ieročiem;
Viņiem līdzās vārtu sargi,
Veci mūki stāvēja;
Viens no tiem, ar tuklu ģīmi,
Bruņeniekiem sacīja:
"Ja tik vien kā šo jūs gribat,
Nekristīgo meiteni,
Tad to labprāt jūsiem dodam
Un vēl savu svētību;
Diezgan ilgi tā jau šeitan
Svēto vietu gānīja;
Ņemat viņu, vedat projām,
Taupat mūsu klosteri!"
Laimdota nu mūkus lūdza,
Priekšnieci lai pasaucot,
Jo zem viņas sargāšanas
Atrodoties viņa še.
Mūki viņai atbildēja:
Nevarot to izdarīt -
Priekšniece ar citām māsām,
Ieslēgušās baznīcā;
Bīdamies no laupītājiem,
Ārā viņas nenākot.
Vairāk dzelzu rokas grāba
Tagad nu pēc Laimdotas,

Nesa ārā, zirgā cēla,
Gribēja jau aizrikšot.
Bet te viņiem priekšā radās
Atkal varens bruņenieks;
Lielu dzelzu vāli rokā
Turēdams, tas uzsauca:
"Laižat mierā, laupītāji,
Nevainīgu meitenu,
Jeb es ar šo dzelzu vāli
Smadzenes jums šķaidīšu!"
Apskurbuši laupītāji
Pirmā brīdī apstājās,
Bet tad visi tie ar joni
Krita virsū svešajam.
Šis nu tiešām izrādīja
Nedzirdētu spēcību:
Manīgi uz visām pusēm
Izgrozīdams vairogu,
Spēra tas ar dzelzu vāli
Tiem par dzelzu vācelēm,
Kuru trāpīja, tam šķīda
Galva līdz ar vāceli.
Beidzot tas no zirga grūda
To, kas veda Laimdotu,
Norāva tam drīz no galvas
Viņa bruņu cepuri, -
Pazīstams tas izrādījās,

Bija plosīgs grafa dēls.
"Vācu suns," nu sauca svešais,
"Nešķīstons starp kristītiem!
Zin', šī brīvas tautas meita
Iraid tik daudz cienīga,
Ka tai visi tādi grafi
Neder pienest ūdeni;
Tikumos un goda prātā,
Sievišķīgā skaistumā
Varbūt visā vācu zemē
Nevaid viņai līdzīgas!
Ej un saki saviem biedriem,
Kad tie nonāks Baltijā,
Tad šās meitas tautu dēli
Viņiem galvas sašķaidīs,
Tāpat kā es šonakt šeitan
Jums to esmu darījis;
Palaižu tev' šoreiz dzīvu,
Nāc, ja grib', uz Baltiju."
Laimdota bij atjēgusies,
Kamēr svešais runāja;
Tagad tas no galvas ņēma
Smago bruņu cepuri, -
Prieka sauciens dzirdams bija,
Mēnesnīcas gaišumā
Laimdota nu ieraudzīja
Savā priekšā Koknesi!

"Paldies dieviem, labiem gariem,
Ka vēl laikā atnācu!"
Teica Koknes's, viņas roku
Sveicinājot saņemdams.
"Tagad kopā bēgsim projām,
Šeitan nedrīkst kavēties;
Vēlāk tevim izstāstīšu
Arī savu likteni."

Tie nu abi sedlos kāpa
Diviem zirgiem mugurā,
Aizjāja bez kavēšanas
Prom pa meža celiņu.
Tālu kalnos kādā būdā
Atrada tie nāktsmāju -
Malkas cirtēji še laipni
Svešiniekus uzņēma.
Atpūtušies pāra dienas,
Devās viņi tālāki.
Laimdota bij pārģērbusies
Kā par bruņu nesāju,
Koknes's kā par bruņenieku,
Kādi toreiz ceļoja.
Tādā kārtā jūras ostu
Viņi sasniegt gribēja,
Tad ar kādu kuģi doties
Atpakaļ uz tēviju.

Ceļā Koknes's paziņoja,
Kā tam bija izdevies:

Veļu naktī Kangars bija
Saticies ar Koknesi,
Stāstījis, ka virsait's Kaupa
Braukšot rīt uz Vāczemi;
Svarīgas tam ziņas esot
Jāatstājot Burtniekam;
Bet, kad Burtnieks tagad naktī
Rijā veļus sagaidot;
Tad lai nākot Koknes's līdzi
Un tās ziņas saņemot:
Koknes's ļauna nedomāja,
Gāja līdz uz Turaidu;
Tur tas satika ar tiešām
Pazīstamus jaunekļus;
Kuri sataisījās Kaupam
Līdzi braukt uz Vāczemi
Un ar viņu aicināja,
Tos uz kuģa pavadīt.
Koknes's ar to mierā bija,
Kad vēl Kangars sacīja,
Ka tās ziņas tikai rītā
Dabūšot no virsaiša.
Kuģī nonākuši, viņi
Noturēja brokastu;

Kangars viņiem vīnu deva,
Dāvātu no Ditricha, -
Vienu otru glāzi dzēra
Jaunekļi it priecīgi;
Bet tad drīzi visi viņi
Dziļā miegā iemiga.
Koknes's atmodās, kad kuģis
Dziļā jūrā šūpojās,
Debess, ūdens vien bez zemes
Visur apkārt rādījās.
Dusmīgs tas ar smagu galvu
Pats par sevi kaunējās,
Ka bij dzēris vācu vinu
Šorīt tā bez apdoma;
Vajadzēja tagad viņam
Līdzi braukt, kaut negribot.
Citi viņu mierināja,
Teikdami, ka varēšot
Tagad kopā līdz ar viņiem
Apskatīties Vāczemi.
Koknes's arī mierā likās,
Ņēma līdz ar jaunekļiem
Dalību pie mācīšanas
Kādā lielā klosterī.
Tomēr tas ar apmeklēja
Grafa pili tuvajo,
Ņēma dalību pie cīņiem

Bruņenieku rīcībās,
Kur par viņa izmanību,
Spēku visi brīnījās.
Tas pavisam nezināja,
Laimdota ka Vāczemē.
Vēlāk viņam tika zināms,
Ka tur nonnu klosterī
Esot kāda jauna meita
Atvesta no Baltijas,
Kuru jaunais grafs bij gribēj's
Naktī vest iz klostera.
Zinādams, kāds likten's gaida
Tēvu zemes meiteni,
Tas bij apņēmies to sargāt
Pret šo lepno bruņnieku.
Bet, kad tas pie klost'ra vārtiem
Ieraudzīja Laimdotu,
Tad vairs dusmām nebij gala,
Tad vairs nebij saudzības;
Tādēļ ar tas laupītājus
Sakāva tik briesmīgi,
Pazemoja grafa dēlu
Daudz par viņa nedarbu.

*

Tēvis, tēvis, tais' man laivu,

Māte auda zēģelīt',
Lai es braucu jūriņāi
Ziemeļmeitas lūkoties.

Braucu dienu, braucu nakti -
Ziemeļmeitas neredzēj';
Uzbrauc vienu jūras kalnu -
Tur trīs milzi sniegu maļ.

"Labdien, sniega malējiņi, -
Vai redzējāt Ziemeļmeit'?" -
"Paldies, jūras braucējiņi,
Brauciet tālāk ziemeļos!"

Braucu dienu, braucu nakti, -
Ziemeļmeitas neredzēj';
Uzbrauc vienu jūras kalnu -
Tur trīs milzi ledu kaļ.

"Labdien, ledus kalējiņi, -
Vai redzējāt Ziemeļmeit'?" -
"Paldies, jūras braucējiņi,
Brauciet tālāk ziemeļos!"

Kuģa ļaudis, Ziemeļjūrā
Braukdami, tā dziedāja, -
Kamēr vecais stūrman's teica,

Ka vairs ceļa nezinot.
Lāčplēs's ar šo kuģi bija
Braucis jūrā Baltajā -
Gribējis uz Vācu zemi
Nobraukt, meklēt Laimdotu;
Bet caur lieliem vējiem, vētrām,
Kuri braucot gadījās,
Tālu nost no ceļa aizdzīts,
Tagad apkārt maldījās,
Likās, it kā ļauni spēki
Viņa kuģi apstāja -
Dienām naktīm jūras ķēmi
Kuģa ļaudis baidīja.
Dziļa krēsla, bieza migla
Visu gaisu pildīja;
Krusas graudus, sniega pērslas,
Ziemeļvēji mētāja.

Te uz reizi debess malā
Koša blāzma rādījās,
Un no blāzmas atdalījās
It kā balta zēģele,
Pār par tumšiem jūras viļņies7
Ātri kuģim tuvojās;
Tuvumā tā tiešām bija
Laiva līdz ar zēģeli.
Laivā sēdēja pie stūra

Cēla, skaista sievišķa;
Klātu nākot, viņa sauca,
Kuģa ļaudis sveicinot:
"Jūs ar savu jauko dziesmu
Man' no mājas izsaucāt, -
Lūk, es esmu Ziemeļmeita, -
Ko no manis vēlaties?"
Pirmā brīdī kuģa ļaudis
Stāvēja kā aizgrābti -
Brīnodamies visi viņi
Ziemeļmeitā lūkojās:
Sārts un bālgans viņas ģīmis
It kā blāzmas atspīdums;
Acis it kā debess velvē
Skaidrā laikā ziemeļos;
Gari mati zelta krāsā
Pleciem pāri laistījās;
Viņas cēlais milzu augums
Varavīksnes svārkos tērpts,
Un par slaido stāvu segta
Sniega balta villaine;
Galvā viņai kroņa vietā
Spoža kara cepure;
Arī ieroči tai klātu
Turpat laivā atradās,
Šķēps un vairogs, stops un bultas
Zaļa vara izkalti, -

Tāda bija Ziemeļmeita,
Par ko daudzas teikas teic,
Par ko stāsta laivinieki,
Kā tā vētrā rīkojas,
Kā tā līdz ar baigiem ceļas
Gaisā tāļi ziemeļos,
Kur tā lielos pulkos vada
Kara viru dvēseles, -
Un, kad tie ar šķēpiem svaida
Savās kara rīcībās,
Tad virs zemes ļaudis bīstas,
Saka: kari, mēri nāks!

Lāčplēs's pirmais runāt sāka,
Ziemeļmeitai stāstīdams,
Ka šie tālā Ziemeļjūrā
Esot apmaldījušies,
Vēlēšanās viņiem esot
Ceļu atrast atpakaļ
Un lai ceļā Ziemeļmeita
Viņiem pie tam palīdzot.
Ziemeļmeita izstāstīja,
Ka tas grūti izdarāms -
Jo tik reti, ļoti reti
Kuģiniekiem izdevies
Glābties iz šās briesmu jūras
Viņas tēva valstībā.

Viņas tēvs patlaban guļot
Savā ledus paspārnē,
Un tas būšot tālāk gulēt
Laikam visu mēnesi;
Tādēļ visu pirms tie varot
Viņas salā atpūsties,
Gan tad vēlāki šī būšot
Darīt to, kas iespējams.
Lāčplēsim cits neatlikās
Kā tik pieņemt padomu.
Ziemeļmeita brauca priekšā,
Kuģis pakaļ stūrēja.
Tāli, kur pie debess malas
Agrāk blāzma spīdēja,
Bija kāda liela sala,
Ledus kalniem apkrauta.
Ziemeļmeita pieturēja
Šeitan laivu, kuģi ar,
Lāčplēsi ar kuģa ļaudīm
Veda salas iekšpusē.
Še par brīnumu tie lielu,
Greznu pili redzēja,
Kuras sienas, torņi; jumti
Bij no tīra ledus vien.
Tomēr Ziemeļmeita viņus
Ledus pili neveda,
Jo tur auksts un drīzi vārot

Viņas tēvu uztraucēt.
Tāļ' aiz plašiem sniega laukiem
Pacēlās liels dūmu stabs -
Turp tā savus viesus veda,
Tik ar roku pamājot:
Labu laiku staigājuši,
Siltā gaisā ietika -
Sniega lauki pārmainījās
Zaļās pļavās, birzītēs;
Kamēr beidzot ļoti košā,.
Lielā dārzā iegāja.
Dārza vidū dziļš kā pekle
Zemē caurums atradās,
Un no turienes uz augšu
Uguns blāķis izšāvās.
Tas bij zemes vidus uguns,
Kas še dega mūžīgi; -
Un šīs ledus salas vidu
Košā dārzā pārvērta.
Kupli koki augļu pilni
Jaukās birzēs stāvēja;
Burbuļoši ūdens strauti
Birzēm cauri tecēja.
Tāpat arī šeitan radās
Visi dabas dzīvnieki:
Zvēri, putni, māju lopi
Birzēs, pļavās ganījās.

Ziemeļmeita šķēpu sita
Trīs reizes pret vairogu -
Un no visām pusēm skrēja
Kopā mazi cilvēki;
Tie bij zemes-malas ļaudis,
Ziemeļmeitas sulaiņi.
Viņa šiem nu pavēlēja
Viesus saņemt, pacienīt.
Drīzi vien bij skaistā teltī
Gari galdi apklāti
Un ar ēdieniem it, gardiem
Vis' pār pārim pielikti.
Ziemeļmeita tagad lūdza
Savus viesus maltītē;
Ēdot viņa pati nesa
Apkārt saldu miestiņu.
Vēlāk citā teltī tika
Mīkstas gultas taisītas,
Varēja tur atdusēties
Pēc daudz ceļa grūtībām.
Labu laiku tie jau bija
Šinī dārzā dzīvoj'ši,
Viss tiem pilnam pasniegts tika
Visi jutās laimīgi,
Tā ka neviens nedomāja
Salu atstāt, projām braukt;
Dien' un nakti neizšķīra,

Saules viņi neredzēj'.
Tomēr gaismas diezgan deva,
Dārzā lielais uguns .stabs;
Tā tiem bija visā laikā
Viena pati diena vien.

Beidzot Lāčplēs's atminējās,
Sāka Ziemeļmeitu lūgt,
Lai tā viņiem ceļu rādot
Un uz mājām palaižot.
Ziemeļmeita apsolīja
Vēlēšanos izpildīt;
Tomēr, ja tas gribot pieņemt
Viņas labo padomu,
Tad pa savu pirmo ceļu
Atpakaļ lai nebraucot,
Jo tur ar vēl tagad glūnot
Viņa Jaunie naidnieki,
Kuriem tagad izdošoties
Laikam viņu nomaitāt.
Tādēļ šī tad citu ceļu
Labāk viņam stāstīšot,
Kurš gan garš un pilns ar
briesmām,
Bet šā skauģiem nezināms,
Vajagot ap visu lielo
Sumpurņzemi apkārt braukt
Un gar pašu zemes malu

Atkal mājās atgriezties.
Sumpurņi, ar suņu purniem -
Tādi esot cilvēki;
Viņi jēlu gaļu ēdot,
Dzerot siltas asinis,
Tādēļ esot ļoti nikni,
Sevišķi uz cilvēkiem,
Dzenoties pa pēdām pakaļ,
Panākuši pārplēšot.
Tomēr no tiem varot izbēgt
Tad, kad sevim pastalas
Ačagārni kājās aujot,
Priekšā griežot papēžus.
Tālāk, pašā zemes malā,
Zemes alās dzīvojot
Mazi ļaudis, kuri paši
Nekam ļauna nedarot;
Bet tur esot Saules dārzi,
Kur tā rītos uzlecot,
Debesis tik zemu stāvot,
Ka ar roku aizsniegt var,
Tādēļ rītos, saulei lecot,
Alās esot jāslēpjas,
Citādi no saules stariem
Tūliņ esot jāsadeg.
Šinī zemē nepazīstot
Plauktus, lietu karamos,

Paēduši karotītes
Aizbāžot aiz mākoņiem;
Meitām, drēbes velējoti,
Vāles metas debešos.
Zemes malai garām braucot,
Debešu vairs neredzot -
Tikai jūra bezgalīga,
Bezgalīga tumsība.
Šinī jūrā atrodoties
Zināms lielais dimantkalns,
Kura virsgals, tālu redzams,
Spožā gaismā atspīdot;
Gar šo kalnu garām jābrauc
Būšot arī Lāčplēsim,
Bet lai neviens nemēģinot
Uzkāpt kalna virsgalā.
Tālāk nākšot atkal debess,
Atkal dienas gaismiņa;
Tur tad viņi ieraudzīšot
Kādu salu tālumā,
Kura būšot parādīties
Ļoti lielā košumā;
Bet lai tuvumā šai salai
Ne par ko šie nebraucot -
Viņai tāda īpašība,
Ka tā ātri pievelkot
Visus kuģus, visas laivas,

Kuras nākot tuvumā,
Viss, ko reizi pievilkusi,
Mūžam projām netiekot.
Ja viņš caur šām likstām visām
Būšot gudri cauri tikt,
Tad no otrpus Ziemeļjūras
Laimīgs mājās pārnākšot.
Lāčplēs's tagad Ziemeļmeitai
Pateicās it sirsnīgi;
Sauca savus ļaudis kopā,
Lika ceļā taisīties.
Bet tie nebūt negribēja
Atstāt jauko viduci, -
Kamēr Ziemeļmeita teica,
Ka gan tēvs drīz celšoties,
Tad par velti būšot pūles,
Tie vairs projām netikšot.
Tagad visi ātri steidzās
Atpakaļ uz jūrmalu,
Kur tie tāpat savu kuģi
Atrada, kā bijušu.
Bet nu ledus pilī cēlās
Dimdēšana varena -
Visa sala, ledus kalni
It kā drebēt drebēja.
Ziemeļmeita ātri sauca:
"Braucat projām, glābjaties,

Tēvs mans jau sāk augšām celties,
Ziemeļvētra iesāksies!"
Kuģinieki nu gan veikli
Laida vaļā zēģeles
Un ar pirmo ziemeļvēju
Ātri projām aizlaidās;
Tomēr vējš it drīzā laikā
Bargā aukā pārvērtās,
Sniegs un aukstums jūrā 'griezās, -
Ziemel's bija uzcēlies!
Kuģa ļaudis nāves bailēs
Visus spēkus saņēma,
Lai jo ātri projām tiktu,
Lai no vētras izglābtos;
Bet tie tika ilgu laiku
Briesmu viļņos mētāti
Un, kad beidzot kuģis bija
Tuvu klāt pie grimšanas,
Tad pie kādas zemes tika
Jūras līcī iegrūsti.
Še nu viņi pirmā brīdī
Gan no nāves izglābās,
Bet no zemes puses atkal
Jaunas briesmas gaidāmas,
Jo caur vētru viņi tika
Sumpurņzemei piedzīti.

Vētra bija norimusi.
Jūra lēni viļņojās.
Kuģinieki arī sāka
Visu tuvāk apskatīt.
Kuģis bija diezgan stipri
Vētras laikā apskādēts, -
Tas bij krietni jāizlāpa,
Tad vien aizbraukt varēja.
Zeme, cik tāl' acis redzi,
Visur tukša rādījās,
Tik pie kāda sūnu kalna
Ziemeļbrieži ganījās, -
Tādēļ, kuģa puiši ātri
Ņēmās kuģi izlāpīt;
Lāčplēs's atkal drīz ar citiem
Gāja briežu medībās;
Viņiem cerība vēl radās,
Ka varbūt še tuvumā
Suņu purni nedzīvojot
Un tos nepamanīšot.
Lāčplēs's nu ar citiem klusi
Sūnu kalnam tuvojās;
Tiem ar kādus briežus nokaut
Pašu reiz bij laimējies,
Un jau gribēja ar dunčiem
Nogriezt mīkstus gabalus, -
Kad iz kalna atskanēja

Briesmīgākā bļaušana
Un iz kādas kalna alas
Skrēja laukā sumpurņi.
Acumirklī viņi tika
Visās pusēs aplenkti
Un turpat, līdz apdomājās,
Drusku druskās saplēsti.
Lāčplēs's tik ar smago šķēpu
Viens vēl pretim turējās
Un uz visām pusēm ātri
Daudz no viņiem nodūra.
Bet šie suņu izmanībā
Viņam klātu piekrita
Un ar zobiem gurnos, sānos
Dziļas brūces iecirta.
Lāčplēs's laikam nevarētu
Viens pats ilgi turēties,
Ja tam laikā derīgs padoms
Prātā nebūt' iekritis.
Kad bij manīj's, ka no alas
Sampurņi vairs nenāca,
Tad ar joni pats tur iekšā
Viņš it ātri ieskrēja.
Tagad, durvīs iestādamies,
Viņš it viegli varēja
Visus, kuri pakaļ skrēja,
Nodurt vai ar atgainīt.

Sumpurņi, to redzēdami,
Traku troksni sacēla,
Bet ar drīzi izdarīja,
Par ko Lāčplēs's satrūkās -
Viņi alai priekšā vēla
Lielus, smagus akmeņus,
Līdzkam visas alas durvis
Ar tiem cieti aizkrāva;
Lāčplēs's tādā ziņā bija
Alā it kā iemūrēts -
Kamēr sumpurņi aiz durvīm
To it cieši sargāja.

Kuģinieki nevarēja
Mediniekus sagaidīt,
Nedrīkstēja arī aiziet
Tālumā tos uzmeklēt.
Viņi kuģi sataisīja
Gatavu priekš braukšanas,
Tomēr vēl neviens no biedriem
Nebija tur ieradies.
Sevišķi tie nobēdājās
Daudz par savu Lāčplēsi,
Jo bez viņa nezināja,
Ko lai tālāk iesāktu.
Te uz reizi stūrman's sauca:
"Lāčplēs's, lūk, kur Lāčplēs's nāk!"

Un pēc kāda īsa laika
Lāčplēs's kuģī ieradās,
Vēlēja bez kavēšanas
Tūliņ ātri projām braukt;
Vēlāki tas izstāstīja
Medinieku likteni.
Pats caur to tas bija glābies,
Ka tur alas dibinā
Atradis aiz sūnu kalna
Kādu mazu caurumu,
Kuru tas ar smago šķēpu
Bija lauzis lielāku
Un pēc vairāk dienu darba
Tad no alas izlīdis.
Alā atradis tas bija
Kādas gaļas paliekas
Un ar tām vien visās dienās
Pārticis kā varēdams.
Otrā pusē sūnu kalnam
Sumpurņi to neredzēj', -
Tā tad ātri, nepamanot
Viņām aizbēgt izdevās.

Ilgu laiku atkal brauca
Lāčplēs's jūrā tālajā,
Kamēr pašā zemes malā
Pēdīgi tas nonāca.

Šī tā zeme teiku pilna,
Šī tā sapņu valstība -
Austrums - svēta ilgošanās,
Pirmais tautu šūpulis!
Zem' un debess nevaid šķirti,
Abi kopā saietas;
Še atrodas debess vārti,
Šeitan pekle atveras.
Še ir Pērkondēlu mājas,
Kur tie zeltu kaldina;
Saules dārzos Saules meitas
Zeltābolus audzina.
Šeitan Saule nakti guli
Dimantiņa laiviņā -
Uzlec saule no rītiņa,
Paliek laiva līgojot;
Saule savus kumeliņus
Šeitan jūrā peldina,
Pati sēdi kalniņāi
Zelta groži rociņā.
Zemes malas iemītnieki
Dzīvo īsti laimīgi;
Tie kā bērni nevainīgi,
Ļaunuma vēl nepazīst.
Dievu dēli, Saules meitas,
Viņu dzīvē iemaisās, -

Sargā tos no ļauniem gariem,
Vada viņu likteni.
Lāčplēs's līdz ar saviem ļaudīm
Šeitan ilgi dzīvoja,
Pavadīja jaukas dienas,
Redzēja daudz brīnumu.
Zemes ļaudis viens par otru
Dzinās viņus pacienīt
Un šīs zemes savādības
Viņiem labprāt izrādīt.
Tomēr Saules zelta dārzi
Bija nepieietami -
Cilvēkiem ir neiespējams
Panest viņu spožumu.

Lāčplēs's atkal atminējās,
Ka tam tālāk jāceļo;
Tādēļ kādā jaukā dienā,
Kad bij Saule lēkusi
Un ar saviem zelta ratiem
Debess velvē braukusi,
Nolaida viņš kuģa mastus,
Debešos lai nemetas,
Un aiz debess-, zemes-malas
Tumšā jūrā iebrauca.
Tumsība še bij tik liela
It kā pekles dziļumā -

Kuģinieki nevarēja
Neviens otra saredzēt.
Tikai tāli, kaut kur tāli
Kaut kas acis spīdēja, -
Turp nu viņi visiem spēkiem
Tagad kuģi stūrēja,
Kamēr beidzot gluži klātu
Dimantkalnam piebrauca.
Apkārt kalnam krēsla bija,
Virsgals augšā mirdzēja,
It kā segts ar saules stariem,
It kā zeltā, dimantā.
Stūrman's kuģi pieturēja,
Ļaudis malā izkāpa, -
Gribējās tiem visiem zināt,
Kas tur augšā atrodas.
Lai gan Lāčplēs's viņiem liedza,
Tomēr viens jau uzrāpās;
Augšā ticis, tas tik sauca:
"Ak tu dieviņ, cik še jauks!"
Un tad it kā vēja spārniem
Projām skrejot, nozuda.
Viņam pakaļ kāpa otris,
Augšā tāpat izsauca:
"Ak tu dieviņ, cik še jauks!"
Un tad projām aizskrēja.
Redzēdami, ka šie abi

Atpakaļ vairs negriezās,
Kuģinieki kādu trešo
Garā striķī piesēja.
Augšā tas nu tāpat sauca:
"Ak tu dieviņ, cik še jauks!"
Un, tāpat kā abi pirmie,
Projām aizskriet gribēja,
Tomēr citi to aiz striķa
Atkal zemē novilka.
Bet tas tagad it ne vārda
Izrunāt vairs nespēja.
Un par brīnumu jo projām
Mēms aizvienu palika.
Lāčplēs's tagad nekavējās
Pie šī kalna ilgāki;
Brauca apkārt, kamēr atkal
Dienas gaismā iebrauca.
Tagad ceļā negadījās
Vairs nekādi kavēkļi.
Laiks bij jauks, un ceļa vēji
Veicināja braukšanu.
Kuģinieki jau sāka cerēt
Baltā jūrā atgriezties,
Kad tie kādā miglas rītā,
Miglai krītot, redzēja
Jūrā kādu svešu salu
Ļoti košā izskatā.

Lāčplēs's tūliņ iedomāja,
Ka tā pati sala būs,
Par ko teica Ziemeļmeita,
Ka tā kuģus pievelkot.
Tādēļ viņš nu ātri lika
Kuģi no tās projām griezt;
Bet par velti, - it kā apburts
Kuģis salai tuvojās,
Kamēr ar jo lielu spēku
Salas krastā uzskrēja.

V DZIEDĀJUMS

UZ APBURTAS JŪRAS SALAS - TRĪS JODI - VECĀ RAGANA - SPĪDALA - LAIMDOTA UN KOKNESIS - SATIKŠANĀS - LAIMĪGA ATGRIEŠANĀS ATPAKAĻ UZ TĒVIJU

Spīdala, kad bija izšķīrusi
Lāčplēsi ar savu mīļāko,
Mierā vis vēl viņa nepalika,
Tiem jo projām ļaunu darīja;
Skrēja tālu pa daudz jūras salām
Abas tās ar veco raganu,
Jūrā vētras, lielus vējus cēla,
Lāčplēsi ar kuģi aizdzina
Nezināmā, tālā Ziemeļjūrā,
Kur tam būtu bijis jābeidzas,
Ja vien turpat laipnā Ziemeļmeita
Nebūtu to laikā glābusi.
Tagad atkal diezin kāda liksta
Varēja tam salā gadīties.

Kad no pirmām bailēm kuģinieki
Burvju salas malā atjēdzās,
Redzēja tie salas krasta malā
Daudzi kuģu, laivu dažādu,
Kuras visas šeitan laik' uz laiku,
Garām braucot, bija pierautas;

Visas stāvēja kā pienaglotas,
Jūras viļņi ap tām skalojās;
Laivinieki, nekustoši, mēmi,
Viņās gulēja kā akmeņi.
Arī visā salā nemanīja
It nekādas dzīvas darbības;
Tikai kādā meža stigas galā
Jūrā iekšā tilts bij uztaisīts
Un uz ūdens pašā tilta galā
Liela, skaista māja stāvēja.
Lāčplēs's līdz ar saviem kuģiniekiem
Pa šo tiltu mājā iegāja;
Arī šeitan viņi neatrada
It nekādu citu dzīvnieku,
Tomēr visā mājā redzams bija,
Ka tā apdzīvota atrodas,
Jo še pielikti bij lieli galdi
Daudziem ēdieniem un dzērieniem;
Tālāk atkal kādā citā telpā
Bija mīkstas gultas taisītas.
Kuģa ļaudis ilgi negaidīja:
Noturēja krietnu maltīti
Un tad vakarā iekš mīkstām gultām
Visi līdzi gulēt aizgāja;
Tomēr Lāčplēs's viņiem pieminēja,

Ka tas labi darīts nebūšot, -
Vajagot gan kādiem laukā stāvēt
Un šo māju naktī apsargāt.
Šie nu visi viņu lūdza Joti,
Lai viņš pats šo darbu uzņemot,
Jo šie visi noguruši esot,
Nevarēšot nakti izturēt.
Lāčplēs's pats nu apbruņojās cieši,
Izgāja, pie tilta nostājās,
Bet neko tas ilgi nemanīja, -
Salā viss bij nāves klusumā.
Tad uz reizi pusnaktī kāds jātnieks
Drīz no meža stigas izjāja;
Tilta galā nākot, zirgs tam stājās,
Sprauslāja un negribēja iet;
Jātnieks dusmīgs zirgu apsaukt
sāka:
Ko tu bīsties? Ienaidnieka nav;
Būtu gan tur tālā Ziemejjūrā
Varon's Lāčplēs's manim
pretinieks,
Bet tas jauns un nav tik tālu ticis,
Ka viņš šeitan atnākt varētu."
Lāčplēs's sauca pretim tam no
tilta:
"Velti, ķaulis, tu tā domāji,
Esmu gan jau ticis es tik tālu
Un patlaban tevi sagaidu!"

Jātnieks, kurš bij jods ar trijām
galvām,
Atteica tam pretim spītīgi:
"Ja tu tiešām varon's Lāčplēs's esi,
Tad nāc laukā spēkiem mēroties!"
Abi tie nu gāja salas vidū,
Bet tur bija tīri meži vien.
Jātnieks teica: "Nopūt tu šo mežu,
Lai mums klajums tiek, kur
spēkoties!"
Lāčplēs's teica: "Tevim trijas
mutes, -
Kādēļ negribi tu mežu pūst?"
Jods nu pūta, un par trijām jūdzēm
Riņķī apkārt meži pazuda.
Klajumā nu jods tam virsū skrēja
Un tik stipru pliķi iecirta,
Tā ka Lāčplēs's gandrīz līdz pat
ceļiem
Salas cietā zemē iegrima.
Bet tas atkal tikpat ātri cirta
Pretim tam ar smago zobenu
Un uz reizi ar jo lielu spēku
Jodam vienu galvu nocirta.
Tas gan turējās vēl stipri pretim,
Tomēr Lāčplēs's viņu pārspēja
Un tam divas atlikušās galvas
Pēdīgi ar tāpat nocirta.
Tad viņš ņēma jātnieku ar zirgu

Un tos tuvā mežā noslēpa.

Pats tas griezās atpakaļ uz māju,

Noģērbās un gulēt nolikās.

Kuģinieki tilta gala mājā

Netika nu vairāk traucēti.

Otrā dienā priecīgi tie atkal

Ēda, dzēra kā pa godībām;

Naktei nākot, Lāčplēsi tie lūdza,

Lai šis atkal māju sargājot.

Lāčplēs's atkal apbruņojās cieši,

Izgāja, pie tilta nostājās.

Pusnaktī, lūk, atkal briesmīgs jātnieks

Drīz no meža stigas izjāja.

Jājot runāja tas pats pie sevis:

"Kur gan brālis vakar palika?

Vai varbūt nav Lāčplēs's manu brāli

Vakar šeitan salā saticis? .

Nevar būt, jo tas no Ziemeļjūras

Laikam mūžam neatgriezīsies."

Lāčplēs's sauca pretim tam no tilta:

"Velti, ķaulis, tu tā domāji,

Esmu klāt un vakar tavam brālim

Visas trijas galvas nocirtu!"

Jātnieks, kuram bija sešas galvas,

Atteica tam pretim dusmīgi:

"Ja tu manu brāli kāvis esi,

Tad es tavus kaulus samalšu;

Nāc vien laukā, nopūt salā mežu,

Lai mums klajums tiek, kur spēkoties!"

Lāčplēs's teica: "Tev ir sešas mutes, -

Kādēļ negribi tu mežu pūst?"

Jods nu pūta, un par sešām jūdzēm

Riņķī apkārt meži nozuda.

Klajumā nu jods tam virsū krita

Un tik stipru pliķi iecirta,

Tā ka Lāčplēs's dziļi, līdz pat gurniem,

Akminaiņā zemē iegrima.

Bet tas ātri tāpat pretim cirta

Un tam divas galvas nocirta.

Tie nu ilgi kāvās viens ar otru,

Kamēr Lāčplēs's jodu pārspēja

Un to atkal līdz ar visu zirgu

Salas biezā mežā paslēpa.

Noguris tas tagad mājā gāja

Un līdz lielai dienai gulēja.

Trešo nakti viņš uz ļaudīm teica:

Būšot iet gan māju apsargāt,

Bet lai šonakt viņi visi līdzi

Paliekot iekš mājas nomodā,

Jo varbūt šiem visiem vajadzēšot

Iet pa nakti viņam palīgā;
Tad lai spoguli šo ņemot līdzi
Un to viņam rokā iedodot.
Lāčplēs's tagad ņēma kādu trauku
Un to pielēja ar ūdeni,
Uzlika uz atsevišķa galda
Līdzās Staburadzes spogulim;
Ja par nakti, tā viņš ļaudīm teica,
Ūdens tīrs šai traukā paliekot,
Tad tie varot droši mājā palikt,
Palīgā lai viņam nenākot;
Bet, ja redzot tie, ka naktī traukā
Ūdens pārvēršoties asinīs,
Tad bez kavēšanas lai šie visi
Steidzoties tam salā palīgā!
Lāčplēs's atkal apbruņojās stipri
Un pie tilta laukā nostājās.
Pusnaktī, lūk, trešais briesmīgs jātnieks
Atskrēja ar galvām deviņām.
Tilta galā zirgs tam stāvu slējās,
Sprauslāja un negribēja iet.
Jātnieks dusmīgs zirgam virsū brēca:
"Ko tu bīsties? Ienaidnieka nav,
Ja ar Lāčplēs's pats še būtu nācis,
Tad to mani brāļi zinātu." -
"Lāčplēs's pats ir gan jau šeitan nācis,
Tavus brāļus vakar nokāvis
Un jau ilgi še pie tilta gaida,
Lai ar tevi tāpat darītu."
Lāčplēs's sauca tā no tilta pretim,
Par ko briesmon's ļoti pārskaitās.
"Ja tu manus brāļus kāvis esi,
Tad es tevi dzīvu aprīšu, -
Nāc vien laukā, nopūt salā mežu,
Lai mums klajums tiek, kur spēkoties!" -
Lāčplēs's teica: "Deviņas tev mutes, -
Kādēļ negribi tu mežu pūst?"
Jods nu pūta, it kā vētra krāca -
Deviņ' jūdzes mežu nopūta.
Tagad Lāčplēsim tas virsū krita
Un tik stipru pliķi iecirta,
Tā ka šis līdz pusei cietā zemē
Tur uz vietas tūliņ iegrima.
Šis nu cirta pretim visā spēkā
Un trīs galvas jodam nocirta.
Jods nu sita atkal vienu pliķi -
Lāčplēs's dziļāk zemē iegrima.
Tas nu atkal jodam pretim cirta
Un trīs galvas reizē nocirta.
Tagad tie nu kāvās ļoti ilgi,
Kamēr abi gluži nokusa -

Jodam vēl tik bija viena galva,
Lāčplēs's zemē līdz pat padusēm.
Tas nu gaidīja, kad citi nāktu
Viņam palīgā, kā norunāts,
Bet neviens no visiem viņa ļaudīm
Nerādījās šeitan tuvumā;
Tie bij visi sen jau aizmiguši,
Aizmirsuši viņa pavēli.
Lāčplēs's tagad savu kara vāli
Svieda turp ar tādu spēcību,
Tā ka tā par kādām trijām jūdzēm
Ieskrēja pa logu istabā.
No šī trokšņa visi kuģinieki
Iztrūkušies kājās uzcēlās;
Viņi skatījās uz galda traukā, -
Asins tajā jau pār malām gāj'!
Tagad viņi visi ātri skrēja
Salā iekšā meklēt Lāčplēsi,
Un, kad jods to gandrīz pašu laiku,
Gribēja jau zemē nogremdēt,
Pasniedza tie, ātri pieskrējuši,
Viņam Staburadzes spoguli.
Jods, to redzēdams, pie zemes krita
Un kā sasalis tur palika.
Ļaudis Lāčplēsim nu palīdzēja
Augšā tikt, no zemes izrāpties.
Uzcēlies tas arī pēdīgajo

Galvu jodam tagad nocirta,
Bet ar savus kuģa ļaudis stipri
Izbāra par neuzmanību.
Tagad, teica viņš, gan laikam būšot
Sala viņu varā atrasties,
Tomēr vajadzēšot to pa priekšu
Visās pusēs labi pārmeklēt:
Varbūt briesmīgajiem jodu-
brāļiem
Atrodoties kaut kur palīgi.

Ar šo nolūku pēc kādām dienām,
Kad bij Lāčplēs's labi atpūties,
Gāja tas ar saviem kuģa ļaudīm
Apkārt, salu izmeklēdami.
Izgājuši kādam mežam cauri,
Ietika tie jaukā ielejā.
Ielejā bij skaidra, tīra aka
Un pie akas kupla ābele.
Kuģa ļaudis visi tūliņ steidzās
Klāt pie akas krietni nodzerties;
Tomēr Lāčplēs's viņiem pakaļ sauca,
Liegdams, lai tie tūliņ nedzerot.
Piegājis tas trīsstūrīgi cirta
Akā iekšā drīz ar zobenu -
Acumirklī akā tīrais ūdens
Pārvērtījās it kā asinis,

Un tur akas iekšā dzirdams bija
It kā ievainota vaimanas.
Tomēr pēc neilga laika atkal
Klusums drīz visapkārt iestājās,
Un ar ūdens noskaidrojās akā,
Tīrs kā zītars atkal palika.
Tagad, teica Lāčplēs's, lai šie dzerot, -
Vaina nu nekāda nebūšot.
Ābelei tur tuvumā pie akas
Bija ļoti skaisti āboli.
Ļaudis padzēruši steidzās klātu,
Gribēja sākt noraut ābolus.
Bet ir še uz viņiem Lāčplēs's sauca,
Lai tie neaizskarot ābolus.
Piegājis tas gribēja jau iecirst
Ābelē ar savu zobenu,
Kad iz ābeles ar bailēm sauca
Kāda balss: "Ai necērt, Lāčplēsi!"
Kamēr Lāčplēs's it kā satrūkdamies
Atrāvās no kuplās ābeles,
Pārvērtās tā līdz tai pašā brīdī
Par it skaistu jaunu sievišķu.
Brīnodamies skatījās uz viņu
Tas ar jūtām neizsakāmām, -
Tā bij visa ļauna darītāja,
Viņa ienaidniece - Spīdala!

Spīdala nu tam pie kājām krita,
Lūdzās, lai šo nenomaitājot;
Būšot viņa noslēpumus atklāt,
Būšot noziegumus pārlabot;
Apsoloties visā savā mūžā
Lāčplēsim vairs ļauna nedarīt.
Lāčplēs's, lai gan visu neticēja,
Dāvināja viņai dzīvību, -
Varon's, kas ar milziem, jodiem kāvās,
Negribēja maitāt sievišķu.
Tagad Spīdala tam izstāstīja
Visus ļaunus darbus, nodomus,
Kurus tā un Kangars abi kopā
Lāčplēsim par postu darīj'ši;
Ka tie vīluši iz Burtniek' piles
Laimdotu un draugu Koknesi -
Un kā draugs un mīļa līgaviņa
Uzticīgi viņam mūžīgi!
Vecā ragana, ko Velna bedrē
Lāčplēs's agrāk esot redzējis,
Apbūrusi šito jauko salu,
Tā ka kuģi šeitan pievilkti;
Kuģiniekus viņa aizskardama
Pārvērtusi drīz par akmeņiem.
Tie trīs jodi, kurus viņš še kāvis,
Esot viņas dēli bijuši,
Kurus tā tur mājā tilta galā

Barojusi daudziem ēdieniem,
Bet pa laikiem viņi kārojuši
Apēst arī kādus cilvēkus;
Kugniekus tad atdzīvinājusi
Ragana un viņiem devusi.
Kad šis viņas dēlus esot kāvis,
Tad tā pārskaitusies briesmīgi,
Palikusi ielejā par aku
Un šī līdzās tur par ābeli.
Ja šie būtot dzēruši no akas,
Iekām Lāčplēs's viņā iecirtis,
Tad šie visi gan ar lielām mokām
Nāvi būtot atraduši drīz;
Bet caur viņa stipro ieciršanu
Akā nonāvēta ragana.
Tāpat arī Spīdalai būt' klājies,
Ja šis nebūtot to žēlojis.
"Lāčplēsi, tu esi uzvarējis!"
Teica tā ar balsi aizgrābtu;
"Pērkons, dievi tevi sargājuši
Ir pret visiem jodiem, ļaundariem.
Tomēr tev vēl grūti darbi priekšā
Gaida mūsu mīļā tēvzemē;
Kamēr tu še tālā jūrā maldies,
Tēvu zemi sveši dedzina!
Steidzies, Lāčplēsi, uz tēvu mājām,
Atriebies tur svešiem varmākiem!

Ak, cik labprāt es ar palīdzētu,
Ja priekš manis būtu glābšana -
Ja es būtu tāda nevainīga,
Kāda tava daiļā Laimdota.
Bet kas var iz pašām velna rokām
Izraut norunātu derību,
Kuru pati zīmējusi esmu
Kaislībā ar savām asinīm!"
Spīdala, to teikusi, sev ģīmi
Apsedza un gauži raudāja.
Tagad Lāčplēs's nešaubījās vairāk,
Ka no sirds tā vēlas atgriezties;
Te ar viņam tagad prātā nāca
Nejauši tas mazais tīstoklis,
Kuru tas tai naktī Velna bedrē
Bija ņēmis līdz par piemiņu.
Viņš to lika atnest drīz no kuģa
Un tad Spīdalai to pasniedza.
Tikko Spīdala to ieraudzīja,
Kad tā lielā priekā iekliedzās,
Un vēl reizi Lāčplēsim pie kājām
Pateikdamās viņa nokrita:
"Lāčplēsi, tev visu savu mūžu
Būšu pateicīga kalpone!
Tu ar šo man devi svabadību,
Velna nagiem mani izrāvi -
Tīstoklis ir mana parakstītā,

Ļaunam apsolītā derība;
Tagad viņu es iznicināšu
Un tad dzīšos, kamēr dzīvošu,
Tikpat čakli labus darbus darīt,
Cik es agrāk jauna darīju!"
Spīdala no akas burvju spieķi
Paņēma, ar kuru ragana
Modināja augšām kuģiniekus,
Kad tos saviem dēliem atdeva.
Tagad viņa staigāja pa krastu,
Visos kuģos, laivās iegāja,
Aizskāra ar spieķi gulētājus, -
Un tie visi dzīvi uzcēlās.
Visiem likās, it kā vienu nakti
Vien tie salā būtu gulēj'ši,
Tādēļ visi priecīgi un spirgti
Salā pastaigāties iegāja;
Lāčplēs's arī viņus apskatīja
Un par ļoti lielu brīnumu
Ieraudzīja kuģinieku pulkā
Laimdotu ar draugu Koknesi!

*

Laimdota un Koknes's, abi kopā
Bēgdami iz nonnu klostera,
Sasniedza pēc ilgas ceļošanas

Beidzot vācu zemē jurmali;
Še tie atrada ar kādu kuģi
Gatavu uz tālu braukšanu.
Kuģinieki vācu zemes preces
Gribēja uz svešām ostām vest
Un ar Daugavā pie Rīdziņ-grīvas
Apmeklēt tur jauno pilsētu.
Laimdota un Koknes's nezināja
Vēl neko par jauno pilsētu,
Nezināja ar par saviem mīļiem,
Kā tiem klājas tālā dzimtenē;
Tādēļ viņu vēlēšanās bija,
Nokļūt ātri mīļā tēvijā.
Tomēr viņu abu vēlēšanās
Vis tik ātri neizpildījās;
Tā kā Lāčplēsim, ar' viņiem cēla
Vētras ceļā vecā ragana,
Kamēr beidzot tāļi nost no ceļa
Nezināmā jūrā iedzina.
Kad bij ilgi apkārt maldījušies,
Viņi kādā dienā redzēja
Tāļi debess malā jauku salu.
Priecīgi tie turpu nobrauca.
Salai tuvojoties, kuģis skrēja,
It kā vētra viņu aizrautu,
Kamēr neapturami tas beidzot
Salā citu pulkā ieskrēja.

Salā kuģiniekiem pretim nāca
Kāda īsti laipna vecene,
Aicināja tos iekš tilta mājas
Un tur bagātīgi mieloja.
Vēlāk viņi visi gulēt gāja
Savā kuģī, kur tie aizmiga
Un bij gulējuši visu laiku,
Līdzkam Spīdala tos piecēla.

Kas var izteikt visas viņu jūtas,
Kad tie satikās ar Lāčplēsi!
Laimdota tam drīz ap kaklu krita,
Koknes's roku spieda sirsnīgi.
Tik ar laiku viņiem vārdi radās,
Kad viens otram sāka pavēstīt
Savus gadījumus jūrās. zemēs,
Savas likstas, raibus likteņus.
Lāčplēsim pie tam pavisam zuda
Šaubīšanās savu mīļo dēļ;
Tie no jauna apsolījās cieši
Mūžam turēt savu derību.
Spīdala vien stāvēja pie malas,
Neņēma pie runām dalības,
Kamēr Lāčplēs's to pie rokas tvēra,
Laipni citiem klātu pieveda,
Stāstīja, ka caur šis meitas gribu
Esot viņi abi izglābti.

Laimdota un Koknes's tagad steidzās
Spīdalai daudz reizes pateikties
Un ar' to no savas puses lūdza
Pieņemt viņu visu draudzību:
Spīdala no sirds ar apsolījās
Palikt viņu īsta draudzene
Un uz priekšu visos gadījumos
Ar' ar viņiem kopā turēties.

Spīdalai šī jaukā jūras sala
Bij jau agrāk labi zināma;
Viņa tagad Lāčplēsim un citiem
Derēja par labu vadoni.
Izrādījās, ka šī jūras sala
Visa bija ļoti auglīga,
Tā ka daudzi še no kuģiniekiem
Vēlējās uz dzīvi nomesties.
Lāčplēsim, kā salas ieņēmējam,
Piederēja viņas valdība;
Tādēļ tam ar pašam vajadzēja
šeitan kādu laiku nodzīvot,
Kamēr ļaudis salā ietaisījās
Un tas iecēla sev vietnieku.
Viņi paši, visi četri draugi,
Mājā tilta galā dzīvoja.
Spīdala še atkal lielā mājā
Visas vietas labi zināja;

Viņa parādīja lielas mantas,
Noguldītas daudzos kambaros;
Arī lielu krājumu ar lietām,
Kuras derēja priekš pārtikas.
Laimīgas še pavadīja dienas
Mūsu slavenākie tautieši -
Un, ja šiem tik dārga tēvu zeme
Visā ziņā nebūt' bijusi,
Viņi būtu šinī jaukā salā
Laimīgi jo projām dzīvoj'ši.
Bet tāds nebij viņu visu likten's -
Mierā, laimē kaut kur nodzīvot;
Sirds tiem dzinās tēvu zemi redzēt,
Ņemt pie viņas cīņiem dalību.

*

Kādā dienā, kad jau sataisījās
Viņi nobraukt savā dzimtenē,
Kamēr Lāčplēs's ļaudīm deva
ziņas,
Noteica, kā viņiem jādzīvo,
Gāja Koknes's vakarā pa salu
Pastaigāties savā nodabā.
Viņš bij ticis līdz tai jaukai lejai,
Kur bij akā kauta ragana.
Jau par gabalu tas ieraudzīja
Tur pie akas mazu uguni;

Tuvāk iedams, pazina tas skaidri
Spīdalu pie uguns stāvošu.
Rokās turēja tā raibu spieķi
Un vēl kādu mazu tīstokli -
Abus viņa ugunī tad meta, .
Pati tā pie sevis teikdama:
"Eita projām jūs pa gaisu gaisiem,
Iznīkstat kā dūmi, putekļi;
Jūsu vara par man' iznīkusi,
Esmu tagad no jums svabada!"
Uguns stabs ar troksni
švirkšķēdamu
Acumirklī gaisā pacēlās,
Palika par līku uguns pūķi,
Sprēgādams tas projām aizlaidās.
Uguns zemē pēc tam arī zuda,
Klusa krēsla leju apklāja.
Spīdala bij nometusies zemē,
Slaucīja no acīm asaras.
Šinī brīdī Koknes's pie tās gāja,
Pacēla to augšām, sacīdams:
"Kāpēc, māsiņ, šeitan tu tik skumji
Slauki savas daiļās actiņas?"
Spīdala gan sākot nokaunējās,
Tomēr viņam lēni atteica:
"Asaras šīs slauku es aiz prieka,
Cerēdama vēl uz nākotni;
Domāju no jauna iesākt dzīvot,

Aizmirsdama tumšo pagātni.
Koknesi, ja tu ko redzēj's esi,
Turi to pie sev' kā slēpumu;
Drīzi laikam mūsu ceļi šķirsies,
Tad tev' pieminēšu klusumā."
Koknes's satvēra nu viņas roku,
Atbildēja dziļi jūtoši:
"Spīdala es tavus noslēpumus
Mūžam klusu pie sev' turēšu;
Tu jau pati aizmirsusi esi
Visu savu tumšo pagātni,
Kādēļ man būs par to kaut ko zināt -
Es tik zinu savu glābēju!
Bet vēl vairāk, arī manim iraid
Tevim jāsāka kāds noslēpums,
Kurš, ja tu vien viņam piekritīsi,
Mūsu ceļus tomēr savienos;
Spīdala, nāc ceļo ar man' kopā,
Zini ar, ka tevi mīlēju!"
Spīdala, to dzirdot, nobālēja.
Viņas krūtis ātri cilājās;
"Koknesi," tā teica, "vai tu zini,
Ko tu vēlies sev par līgavu?
Šovakar še lejā dedzināju
Ugunī es velna derību!" -
"Zinu," teica Koknes's stingrā balsī,
"Redzēju, kā viņa iznīka;

Zinu ar, ka varu ļoti cienīt
To, kas krīt un atkal uzceļas -
Tas gan stāvēs stingrāki uz kājām
Nekā tas, kas vēl nav pakritis."
Kad vēl Spīdala, tik no nejauši
Pārsteigta, pie sevis domāja,
Koknes's viņai sēri tālāk teica:
Ja šī viņa jūtas atraidot,
Tad gan labāki tam būtu bijis
Krasta malā būt par akmeni,
Nekā tikt no savas izglābējas
Pirmā mīlestībā atraidīts.
Spīdala nu ilgāk neturējās,
Galvu paceldama, atteica:
"Ja tik cēla tava mīlestība,
Tad es arī citād' nevaru;
Ņemi man', es būšu uzticīga,
Kā var būt vien kāda pasaulē!"
Tagad apķēra to Koknes's cieši,
Skūpstīja no acīm asaras;
Silta vēsma viņiem garām laidās,
Tā bij Laimas-mātes svētība.

Otrā dienā Lāčplēs's savu kuģi
Laida projām jūrā līgoties, -
Salā visa burvība bij beigta,
Kuģi gāja, kur vien gribēja.

Ceļā Koknes's, Spīdala ar pati
Izstāstīja savu mīlību;
Lāčplēs's, Laimdoia, šie mīļie
draugi,
Priecājās par viņu laimību;
Aizmirstas bij tagad visas bēdas,
Ko tie viens par otru cietuši.
Tagad viņu ilgošanās bija
Notikt ātri savā dzimtenē.
Kavēkļi vairs ceļā negadījās,
Ziemeļvēji vētras necēla, -
Likās, it kā pati jūras māte
Veicināja viņu braukšanu.
Kamēr beidzot tālā debess malā
Tumši priežu meži rādījās,
Krasti cēlās, nāca tuvāk, tuvāk -
Daugav-grīvā kuģis iebrauca.

VI DZIEDĀJUMS

LĪGO SVĒTKI, LĪGAS NAKTS - VIRSAIŠU SAPULCE - LĀČPLĒSIS AR BIEDRIEM SAPULCĒ - KĀZAS - KARŠ AR BRUŅENIEKIEM - LĀČPLĒSIS LIELVĀRDĒ - KANGARS UN DITERICHS KĀ NODEVĒJI - LĀČPLĒŠA NĀVE - BEIGAS

Par gadskārtu Līgo nāca
Savus bērnus apraudzīt -
Tad pa visām latvju ārēm
Līgo, Līgo skanēja!

Pogāj' mīļi lakstīgala
Visos upju līcīšos, -
Līgo svētki, Līgo nakte
Bija atkal nākusi.

Zilā kalna kalnagalā
Dega gaišas ugunis;
Līgusoņi ragus pūta,
Svētkos sauca tautiešus.
Un tie nāca, jauni veci,
Lieli mazi, bariem vien.
Tēvi nesa medu alu,
Mātes sierus, plāceņus;
Jaunas meitas, jauni puiši -
Zāles, puķu vaiņagus.

Ligas naktī visi kopā
Pušķojās un priecājās:
Ēda, dzēra, dejas veda,
Līgo dievam ziedoja.

Līgusoņi tautas veda
Klāt pie dievu altara,
Izlēja tur medus kausus,
Dārgas zāles dedzināj'.
Un, kad liesmas, dūmu smarža
Pacēlās no altara,
Dziedāja tie visi kopā
Slavas dziesmas, lūgšanas:
"Mēs tev' redzam mīlestībā,
Līgo, Līgo,
Labu draugu saderībā, Līgo!
Svēti mūsu saimniecību,
Līgo, Līgo,
Pildi klētis, pildi bļodas, Līgo!
Ņemi savu sirmo zirgu,
Līgo, Līgo,
Apjāj mūsu miežu laukus, Līgo!
Izmin smilgas, lāču auzas,
Līgo, Līgo,
Lai aug mūsu tīri mieži, Līgo!
Mūsu pļavām zāli dodi,
Līgo, Līgo,
Mūsu telēm smalku sienu, Līgo!

93

Mūsu telēm smalku sienu,
Līgo, Līgo,
Tīras auzas kumeļiemi, Līgo!
Kaisi puķes, kaisi ziedus,
Līgo, Līgo,
Mūsu kalnos, ielejāsi, Līgo!
Lai pin visas ciemu meitas,
Līgo, Līgo,
Raibus puķu vainadziņus, Līgo!
Atved mūsu tautu dēliem,
Līgo, Līgo,
Daiļas, krietnas līgaviņas, Līgo!
Piešķir mūsu tautu meitām,
Līgo, Līgo,
Dižus miežu arājiņus, Līgo!
Nāci ciemā, nāci sētā,
Līgo, Līgo,
Savu bērnu apraudzīti, Līgo!
Lai bēg skauģi, lai bēg burvji,
Līgo, Līgo,
Lai mēs tevi mīlējami,
Līgo, Līgo,
Lai mēs tevi pieminami, Līgo!"

Kamēr dziesmu pilnas skaņas
Mežos, lejās aizlaidās,
Parādījās svētā birzē

Apakš kupliem ozoliem
Aizgājušo tēvu ēnas -
Tautas sargu dvēseles.
Vaideloši, līgusoņi
Redzēja šos varoņus,
Godbijīgi segtām galvām
Viņiem garām staigāja.
Tagad tautu pamācīja
Vaidelošu vecākais
Vienprātībā, saderībā
Visiem kopā turēties,
Visās kaitēs, gadījumos
Saviem brāļiem palīdzēt.
Un drīz visi, veci, jauni,
Mīļi rokas sadevās,
Visi solījās no jauna
Palikt labā draudzībā.
Kuram bij kāds zināms naidnieks,
Tas pie viņa nosteidzās,
Roku dodams, mīļi lūdza
Atkal mieru saderēt.
Un pie Zilā kalna birzēm
Dievu vaiga tuvumā,
Svētīta no tēvu gariem,
Visa tauta apmetās.
Zaļā zālē sēdēdami
Pulkos, baros, pulciņos,

Mājas tēvi, mājas mātes
Izdalīja dāvanas.
Pilnas kannas, kausi, ragi,
Pielieti ar miestiņu,
Ceļoja pa rindu rindām,
Krietnus malkus sniegdami;
Plāceņus un mīkstus sierus
Deva līdz, ko uzkosties.
Ēdot, dzerot sarunājās,
Daudzas lietas apsprieda.
Vīri savus darba biedrus
Šeitan kopā atrada,
Sievas savas tautu māsas,
Kuras tāli dzīvoja;
Arī sirmgalvji vēl dažus
Ņiprus večus satika,
Kuri tiem priekš ilgiem gadiem
Bija biedri jaunībā.
Bet par visiem jaunā audze
Līgas naktī priecājās:
Puiši pulkos kaislām jūtām
Dziedāja par mīlību;
Meitas koros atbildēja,
Mīlību tiem liegdamas,
Tomēr katra gan pie sevis
Klusumā tās vēlējās,
Kaut jel jaukais britiņš nāktu,

Mīļāko kad apkamptu.
Tālāk, tālāk puiši spiedās
Meitu baru tuvumā,
Kamēr drīzi katris savu
Izredzēto saķēra
Un ar viņām roku rokās
Rindu dejas uzveda.

Uzkalnā tur birzes malā
Apakš svēta ozola
Sapulcējās vaideloši,
Visi tautas virsaiši;
Pārsprieda par mieru, karu,
Zīlēja par likteni.
Viņu pulkā vecais Burtnieks
Atradās un Aizkrauklis,
Vēlāk arī vecais Lielvārd's
Svētā birzē ieradās.
Nopietni bij viņu ģīmji,
Nopietni tie runāja;
Runu-birkas, birzē lasot,
Grūtas zimes rādija.
Sevišķi bij vecais Lielvārd's
Šoreiz dziļi noskumis;
Kad bij savus vecos biedrus
Sirsnīgi tas apsveicis,
Nostājās tas viņu pulkā,

Uz tiem šādi runāja:

"Virsaiši ap Zilo kalnu,
Jūs to postu nezināt,
Kurš šai pašā laikā draudē
Mūsu tautu samaitāt;
Zināt, ka pie Rīdziņ-grīvas
Daugavmalā apmetās
Sveši ļaudis, kuriem līvi
Atļāva še tirgoties;
Vēlāk viņiem piebiedrojās
Dzelzu bruņu nesāji,
Kuri katru pavasaru
Pulkiem šeitan atnāca.
Tagad viņi Rīdžiņ-grīvā
Būvējuši cietoksni,
Ikšķilē un Salas pili
Mūra pilis cēluši;
Un no turienes kā zvēri
Glūn uz laupījumu vien;
Tie pa priekšu it kā lapsas
Viltīgi mēdz pieglausties,
Bet pēc tam kā nikni vilki
Aprij visu kārīgi.
Līdz šim viņi līvu zemi
Gluži postā likuši;
Viņu ciemus dedzināj'ši,

Viņu mantas laupīj'ši;
Nokāvuši vīrus, sievas,
Kuri pretim turējās,
Citus atkal piespieduši
Pieņemt svešu ticību.
Bet vispārais viņu nolūks
Ir šo zemi iekarot
Un šīs zemes tautas visas
Sev par vergiem padarīt,
Un tad visu Balt'jas zemi
Savā starpā izdalīt.
Tādēļ arī kādā dienā
Mani ļaudis vēstīja,
Ka pulks svešu kara vīru
Atjājot uz Lielvārdi.
Ātrumā, cik spējams bija,
Liku ļaudis apbruņot
Un ar viņiem tad aiz vārtiem
Svešiem priekšā nostājos;
Uzrunāju tos it īsi,
Prasīdams, ko vēlējas.
Tad iz pulka atdalījās
Drīz kāds plecīgs bruņenieks,
Teica, Dan'jel viņu saucot,
Sūtīts tas no bīskapa
Ieņemt savu nomas vietu,
Veco pili Lielvārdi.

Ja ar labu es to vēlot,
Tad šis manim atļaujot
Dzīvot savā vecā mājā
It kā viņa babuļnieks;
Jaunu mūra pili būšot
Viņš priekš sevim uztaisīt.
Iemītniekiem manos ciemos
Nodošanas uzlikšot;
Ņemšot tas no saimniecības
Sevim daļu desmito
Un priekš saviem baznīctēviem
Podu visas labības -
Pods no katra mājas arkla
Viņiem būšot jāskaita.
Zināms, ka es atraidīju
Bargi tādu bezkauņu.
Par to tika nopostīta
Manu tēvu vecā pils -
Ļaudis kauti, vaņģos ņemti,
Visas mantas laupītas.
Pats ar kādu mazumiņu
Karotāju izglābos;
Aizgāju uz Gaujas krastiem -
Dabrels mani uzņēma:
Viņa stiprā pilī nāca
Daži latvju virsaiši,
Salasīja karotājus,

Pilei vaļņus apmeta;
Un no šejienes tie kopā
Līdz ar līviem gribēja
Svešo varai pretim stāties,
Bruņeniekus apkarot,
Bet caur Danijelu ziņas
Rīgas bīskaps dabūja,
Lielu bruņenieku pulku
Tas uz Gauju sūtīja;
Viņu pulkā arī radās
Kaupa pats no Turaidas.
Tas par postu visai zemei
Bija licies kristīties
Un ar zemes ienaidniekiem
Slēdzis cietu draudzību.
Tagad viņš ar bruņeniekiem
Gaujas pili apsēda,
Dabrelu un citus sāka
Drauga prātā skubināt,
Lai šie savus tēvu dievus
Atstājot kā maldīgus.
Romas lielais pāvests esot
Sūtīj's savu vietnieku,
Kurš par šiem kā bērniem būšot
Valdīt Rīgas pilsētā,
Ja šie labā prātā gribot
Padoties un paklausīt.

Kad no vaļņa virsait's Rūsiņš
Gribēja tam atbildēt
Un, kā ierasts, godpratīgi
Noņēma sev cepuri,
Tad kāds bruņenieks iz stopa
Smagu bultu izšāva,
Kura neapsegto galvu
Rūsiņam ar aizķēra -
Nāvīgi no bultas trāpīts,
Virsait's zemē pakrita.
Par šo neģēlīgo darbu
Visi ļoti sašuta
Un iz piles vaļņiem laukā
Bruņeniekiem uzbruka,
Sakāva tos līdz pat naktei,
Piespieda uz bēgšanu.
Tomēr viņiem jauni pulki
Drīzi nāca palīgā;
Tautieši tad atkal pili
Visi devās atpakaļ.
Še nu bija asas cīņas
Daudzi dienu, nedēļu,
Kamēr visa staltā pile
Rokās krita pārspēkam.
Piles karotāji ļoti
Cīnījās kā varoņi,
Kamēr beidzot gandrīz visi

Vaļņos nāvi atrada.
Ar šīs piles ieņemšanu
Latvju zeme vaļā stāv.
Dzird, jau lielus kara pulkus
Bīskaps atkal rīkojot.
Virsaiši, es jums šo vēsti
Tagad nesu bēdīgu,
Bet, ja dievu prāts būs licis,
Gals var veikties laimīgi;
Vēl ir latvju plašās ārēs
Daudz to šķēpu kalēju,
Vēl ir simtu simtiem rokas,
Zobenus kas vicina, -
Pūšat taures, sitat bungas,
Saucat karā tautiešus,
Un šai dienā visa tauta
Kā viens virs būs gatava
Mirt vai savu brīvestību
Aizstāvēt līdz pēdīgam!"

Kamēr virsaiši šo vēsti
Sašutuši klausījās,
Apkārtnē pa visām lejām
Līgošana apklusa;
Bet tad simtas balsis sauca:
"Lāčplēs's, lūk, kur Lāčplēs's nāk
Un pēc kāda īsa laika,

Pavadīts no gavilēm,
Lāčplēs's līdz ar saviem biedriem
Svētā birzē iegāja.
Lāčplēs's savu veco tēvu
Apkampa it sirsnīgi,
Tāpat savus abus tēvus
Laimdota ar Spīdalu;
Koknes's arī sveicināja
Pazīstamus virsaišus.
Tagad visi sapulcētie
Bēdas, rūpes aizmirsa,
Kamēr Lāčplēs's viņiem tvu,
Tikmēr briesmas tālumā.
Sevišķi bij vecie tēvi
Daudz no prieka aizgrābti,
Ka tie atkal savus bērnus
Redzēj' sveikus veselus.
Lāčplēs's nu ar biedriem ņēma
Dalību pie sapulces,
Noklausījās visus stāstus,
Notikumus Baltijā.
Sirds tam dziļas sāpes juta,
Acīs dusmas zvēroja,
Kad starp citiem arī viņam
Stāstīja par Lielvārdi.

Vaideloši sludināja

Svētkus esam pabeigtus;
Novēlēja visu tautu
Dievu stiprā glābšanā,
Skubināja tautu-dēlus
Palikt labā cerībā
Un, ja vajadzīgs, priekš tautas
Nodot mantu, dzīvību.
Visi tagad apdomīgi
Savās mājās aizgāja,
Visi zināja, ka drīzi
Viņu rokām vajadzēs
Sirsnīgi šai grūtā laikā
Tēvu zemi aizstāvēt.
Bet jau saule uzlēkdama
Atrada tur pakalnā
Virsaišus vēl kopā sēžot,
Tautas lietas apspriežot;
Vienprātīgi viņi lēma
Karu vest ar svešniekiem,
Iznīcināt tos pavisam
Vai iz zemes izraidīt, -
To, uz šķēpiem stāvēdami,
Viņi svēti solījās.
Vadoni priekš kara pulkiem
Lāčplēsi tie vēlēja
Un par palīgiem tam klātu
Tālvaldi ar Koknesi.

Tad, vēl reizi solījušies
Pastāvīgu draudzību,
Virsaiši no Zilā kalna
Pēdīgi ar izšķīrās.
Lielvārd's, Lāčplēs's, Koknes's, Tālvald's,
Aizkrauklis un Spīdala
Pavadīja visi līdzi
Burtnieku ar Laimdotu, -
Jaunie pāri Burtniekpilī
Kāzas svinēt gribēja.
Viņu tēvi, vaideloši,
Tos jau tagad svētīja.

*

"Kādēļ mans vaiņadziņš
Šķību stāv galviņā?
Kā tas šķību nestāvēs,
Pilns kad tautu valodām!

Vainadziņu valkādama,
Par Laimiņu nebēdāj';
Kad noņēma vaiņadziņu,
Lūdzu Laimas raudādam'.

Tais', tautieti, niedru klēti,
Sudrabiņa vadzīšiem,

Lai tur kari mūs' māsiņa
Savu zīļu vaiņadziņ'.

Tilti rībi, tautas jāji,
Nejāj mani bāleniņ';
Kad jās mani bāleniņi,
Žvadzēs vara zobeniņ'!

Redz, kur stalti kara viri,
Mani balti bāleniņ',
Ar zobenu vārtus vēra,
Stāvu dīda kumeliņ'!"

Tā dziedāja panākstnieki,
Preceniekus gaidīdam',
Precenieki Burtniekpilī
Ar pie vārtiem sajāja;
Lāčplēs's, Koknes's ar daudz citiem
Pavadoņiem ieradās.
Tie pēc veca ieraduma
Gluži sveši izlikās:
Prasīja pēc mājas vietas
Sev un saviem kumeļiem;
Sētā atkal kāzu ļaudis
Viņus visād' tirdīja:
Prasīja, no kādas tautas
Un uz kurien' iedami,

Vai šos arī droši varot
Labā mājā paciemot.
Kamēr vecais Burtnieks nāca,
Pats tos iekšā ielaida.
Istabā bij galdi klāti,
Pielikti ar ēdieniem;
Pašā vidū divi krēsli
Izpuškoti stāvēja.
Uz šiem krēsliem precenieki
Abi divi nosēdās,
Vēlējās, lai viņiem rādot
Visu skaistās jaunavas.
Kāzinieki tagad vitoiem
Šādas tādas pieveda;
Bet tie visas atraidīja,
Prasīja pēc labākām,
Kamēr beidzot priekšā nāca
Laimdota ar Spīdalu.
Tās bij greznās rotās ģērbtas,
Galvās kroņi uzlikti,
Izrakstīti dārgām zīlēm,
Apkalti ar vizuļiem.
Precenieki augšām cēlās,
Teica, šis tās īstajas;
Sēdināja viņas krēslos,
Paši līdzās nostājās.
Tagad viņi vaicāt sāka,

Vai šos kroņus pārdošot.
Būšot šie ar dārgu naudu
Dārgu preci aizmaksāt.
Pašas jaunās klusu cieta,
Kāzinieki runāja;
Teica, ne ar pūru zelta
Nevarot tos aizmaksāt,
Ne ar varu, nedz ar karu
Tikt pie viņu vizuļiem.
Tomēr pēc no abām pusēm
Labprātīgi salīga
Un, kad šie bij solījušies
Sargāt tās un lutināt,
Arī pašas valkātājas
Preceniekiem vēlēja.
Tagad nāca vaideloši,
Abus pārus laulāja:
Salika tiem rokas kopā,
Laimai viņus dēvēja,
Apsēja ar ozollapām,
Sapītām ar vītenēm;
Pie tam viņi šādus vārdus
Svētīdami runāja:
"Tā kā slaida vītenīte
Vijas apkārt ozolu,
Tā lai vijas līgaviņa
Apkārt savu arāju!"

Jaunie vīri izplatīja
Tagad kāzu dāvanas;
Līgavas tiem savus kroņus
Atdeva ar asarām;
Un šie viņām galvā lika
Dārgas samta cepures,
Apšūtas ar cauņu ādām,
Izrotātas sudrabā;
Jaunās tad aiz galda veda
Un tām blakus nosēdās.
Nu tik sākās kāzu dzīres
Vairāk dienu, naksniņu,
Pavadītas koru diesmām,
Daudzām dejām uzvestām.
Tomēr vecais Burtnieks beidza
Kāzu dzīres agrāki,
Nekā citkārt ierasts bija,
Miers kad zemē valdīja.
Jaunie pāri nedabūja
Ilgi kopā priecāties
Un pēc kāzām klusā mājā
Baudīt jauno laimību,
Liktens, nenovēršams liktens
Jaunos vīrus piespieda
Atrauties no mīļām krūtīm,
Dot9es atkal klajumā,
Tur, kur, šķēpus, bruņas laužot,

Kājas samirkst asinīs.

Burtnieks lika kara taures
Pūst pa visiem pakalniem,
Lika visos kalnu galos
Naktī uzkurt ugunis.
Citi virsaiši, to redzot,
Arī tāpat darīja, -
Tā bij zīme, ka uz karu
Jāpulcējas tautiešiem.
Un pa visiem ciemiem, mājām
Visā plašā Latvijā
Tautu dēli, bāleliņi,
Visi karā rīkojās:
Zobenus un šķēpus tvēra,
Apsedloja kumeļus;
Māsas, jaunas līgaviņas,
Pušķoja tiem cepures,
Raudādamas, dziedādamas
Pavadīja kareivjus.
Drīz pa visiem ceļiem, jūtēm
Jāja stalti kareivji,
Salasījās baros, pulkos,
Naktī birzēs gulēja,
Kamēr otrā trešā dienā
Pulces vietā notika, -
Lāčplēs's līdz ar citiem vadiem.

Pulces vietā ieradās,
Kara pulki viņus sveica,
"Līkop, Līkop!" saukdami.
Burtnieks, Lielvārd's, abi vecie
Pavadīja kareivjus,
Viņi gribēja līdz beigām
Palikt kara tuvumā;
Arī abas jaunās sievas,
Laimdota ar Spīdalu,
Negribēja mājās palikt,
Gāja līdzi kareivjiem.

Turp, kur Gaujas krasti lokās
Dziļās gravās, ielejās,
Kur starp mežiem krastu līčos
Atrodas daudz pilskalnu,
Apdzīvotu latvju ciltīm,
Zemes vaļņiem apmestu,
Turpu devās kara pulki,
Vadīti no Lāčplēša;
Un, kur vien bij ieviesusies
Vācu sērga pilskalnos -
Ceļā tika izpostīti
Visi viņas perekļi.
Tālāk ceļā viņi nāca
Dabreļa pils tuvumā;
Šeitan pulka bruņenieku

Bija sapulcējušies,
Veco pili tie no jauna
Bija cietinājuši.
Lāčplēs's drīz ar saviem pulkiem
Stipro pili ieņēma,
Pie kam daudzi bruņenieku
Pazaudēja dzīvību.:
Tālāk, tālāk kar pulki,
It kā viļņi plūzdami,
Gāja cauri mežiem, lejām,
Apstāšanās nebija,
Kamēr beidzot Kaupa pili
Turaidu tie sasniedza.
Šeitan līvu zemes daļā
Pilnīgi bij redzama
Visās pilīs, visos ciemos
Vācu kungu valdība.
Treknās druvās mieži, rudzi
Zelta vārpām līgojās,
Līvi viņus ara, sēja, -
Svešie ņēma pļāvumu;
Trekni lopi, govis, vērši
Zaļās pļavās ganījās, -
Svešie viņu galu ēda,
Viņu ādas pārdeva,
Pilīm blakus bija celtas
Svešinieku baznīcas.

Priesteri un mūki viņās
Ļaudis dzina, kristīja.
Kristītos par kalpiem sevim
Svešinieki darīja
Un no viņiem nodošanas
Katrā gadā iedzina.
Tie, kas vēl bij palikuši
Savā tēvu ticībā,
Izklīda pa dziļiem mežiem
Nezināmās silavās;
še tie cirta aklus mežus,
Dedzināja līdumus,
Iegrozīja jaunas mājas,
Tēvu dieviem kalpoja.
Bet ir še tos uzmeklēja
Bruņenieku izlūki
Un, tiklīdz kā iedzīvojās,
Nodošanas uzlika.

Kara pulkiem tuvojoties,
Svešinieki iztrūkās,
Atstāja drīz savas muižas,
Savas mūku baznīcas.
Visi bēdza, ieslodzījās
Stiprā pilī Turaidā.
Lāčplēs's to no visām pusēm
Saviem pulkiem apsēda.

Nebija vis viegla lieta
Ieņemt stipro Turaidu -
Bruņenieki lielā pulkā
Iekšpusē tur atradās,
Šāva simtiem smagas bultas,
Atgainīja kareivjus;
Līdzkam Lāčplēs's lika taisīt
Pulka trepes, stalažas
Un tad kādā tumšā naktī
Piles vaļņus pārkāpa.
Kaušanās uz piles vaļņiem
Tagad bija briesmīga!
Krita daudz no abām pusēm,
Abas daudzreiz atkāpās;
Lāčplēs's, visiem pašā priekšā,
Bruņeniekus nāvēja,
Viņa spēkam nelīdzēja
Dzelzu bruņas stiprākās.
Bruņenieki, tādu spēku
Redzēdami, pārbijās,
Tā ka visi sāka nomest
Savus kara ieročus
Un uz dzīvību vai nāvi
Lāčplēsim tad padoties.
Kaupa pats še neatradās,
Tas bij Rīgas pilsētā,
Kur aizvienu uzturējās,

Dzīvodams pie bīskapa.
Lāčplēs's lika viņa pili
Sagraut līdz pat pamatiem,
Baznīcas un mūku mājas
Pelnu čupās dedzināt,
Lai jo projām svešiniekiem
Nebūtu še patversme.
Bruņenieku pulkā bija
Arī priester's Diterichs;
Tas ar lišķu mēli teica,
Ka šie šeitan nākuši
Vien ar Kaupa vēlēšanu,
Kurš tiem pili atdevis;
Tādēļ lūdzot šiem kā viesiem
Dāvināt jel dzīvību.
Lāčplēs's arī vēl arvienu
Kaupu ļoti cienīja,
Tādēļ beigās paklausīja
Ditericha lūgšanu,
Lai gan viņam līvi teica,
Neklausīt šim cilvēkam:
Šis ar savu lišķu mēli
Esot visu niknākais -
Esot šos jau simtas reizes
Lišķēdams tas piekrāpis;
Tādēļ, ja ar visus citus
Viņš še dzīvus atlaižot,

Ditrichi, šo melu mūku,
Lai tas viņiem izdodot.
Lāčplēs's tagad pavēlēja
Izdot viņiem Ditrichi.
Šie to veda svētā birzē
Saviem dieviem upurēt.
Bet, kad sirmais zirgs pār šķēpu
Trīs reiz bija pārkāpis
Un ikkatru reiz papriekšu
Kreiso kāju pārspēris,
Tad bij zīme, ka ir dievi
Atraida šo nelieti.
Tādā ziņā arī Ditrichs
Vēl no nāves izglābās.
Lāčplēs's lika svešiniekiem
Atņemt bruņas, ieročus
Un tad tos ar plikām galvām
Aizdzīt Rīgas pilsētā.
Tagad viņš še visu zemi
Deva līvu vecākiem,
Atstāja še Tāluvaldi
Līdz ar viņa kareivjiem,
Lai šie kopā līdz ar līviem
Gaujas krastus sargātu;
Pats ar Koknesi un tēvu
Ņēma citus kareivjus
Un tad devās mežiem cauri

Taisni tie uz Lielvārdi.

Tā kā Turaidā, bij arī
Bruņenieki Lielvārdē
Nometušies pilnā dzīvē,
Kā jau visur raduši.
Tomēr še par visiem niknāks
Bija vigu vecākais, -
Dan'jels Bannerovs bij cilvēks
Bez nekādas apziņas;
Tas bij vecas piles vietā
Mūra pili uzcēlis
Pašā stāvā Daugav's krastā,
Darīj's nepieietamu,
Un no šejienes visapkārt
Uzbrucis un laupījis,
Ciemus, mājas dedzinājis,
Ļaudis visād' spaidījis.
šādas briesmas redzēdami,
Bija daži vecajie
Bēguši ar savām ciltīm,
Dziļos mežos slēpušies.
Dan'jels beidza laupīšanu -
Izsūtīja vēstnešus,
Lika teikt, ka gribot mierā
Dzīvot tas ar vecajiem,
Un dēļ miera derēšanas

Lūdza tos uz pili nākt.
Vecie, kuri nezināja
Paši ļaunas viltības,
Paklausīja negantniekam
Un uz pili nonāca.
Dan'jels viņus kādā klēti
Arpus piles saņēma,
Sniedza viņiem ēst un dzerti,
Sarunājās draudzīgi;
Bet uz reizi, kamēr visi
Vēl pie galda sēdēja,
Izgāja tas ātri laukā,
Klētes durvis aizslēdza.
Tad ar saviem bendes kalpiem
Klēti salmiem apkrāva
Un no visām pusēm ātri
Uguni tai pielika.
Uguns liesmas drīz vispāri
Visu klēti apņēma, -
Karstums, dūmi spiedās cauri,
Iekšā brēca cilvēki!
Dan'jels pats ar saviem biedriem
Piles vaļņos stāvēja
Un ar jauniem velna smiekliem
Uguns liesmās skatījās.
Tomēr tam šie smiekli galā
Palika par izbailēm,

Jo turpat pa meža ceļiem
Atskrēja daudz jātnieku -
Viņiem priekšā Lāčplēs's jāja,
Smago šķēpu turēdams;
Dzirdot kliegšanu tur klētī,
Lāčplēs's durvis iesita
Un ar citu palīdzību
Vecos ātri izglāba.
Šie kā debess-nokritušo
Ieraudzīja Lāčplēsi, -
Prieka pilni pateicību
Izteica par glābšanu
Un tad ātri izstāstīja,
Kā šos krāpis Danijels.
Dzirdot šādu velna darbu,
Lāčplēs's ļoti apskaitās,
Sauca savus ļaudis kopā,
Sāka pili apkarot.
Lai gan bruņenieki stipri
Līdz pat nāvei turējās,
Tomēr pēc neilga laika
Lāčplēs's pili ieņēma.
Pēc tam viņš bez žēlastības
Lika visus nomaitāt -
Bez vien pašu Danijelu,
Kuru dzīvu saņēma;
To viņš vēlāk atvēlēja

Saviem ciemu vecākiem,
Lai kā zinādami paši
Atriebjas šim ļaundarim.

Ātri izpaudās šī ziņa:
Lāčplēs's esot Lielvārdē.
Visos ciemos, visās mājās
Prieka vēsti saņēma.
Visi atkal kā no jauna
Atdabūja dzīvību;
Tie, kas bija izklīduši,
Dziļos mežos slēpušies,
Salasījās atkal kopā,
Vecās vietas ieņēma;
Visi steidzās prieka pilni
Drīz uz pili Lielvārdi
Pateikties par svabadību,
Apsveicināt Lāčplēsi.
Lielvārdē bij prieka dienas,
Svētki kara uzvarai;
Vecais Lielvārd's visiem ļaudīm
Lielas dzīres darīja,
Ēda, dzēra, dejas veda,
Laupījumu dalīja.
Kādā dienā atminējās
Danijela virsaiši -
Tie to ņēma, laukā veda,

Daugavmalā nolika,
Teikdami: "Tu, vācu sunis,
Nodevi mūs ugunim;
Tagad, kur tu mūsu rokā,
Mēs tev' dosim ūdenim!"
Tad tie ņēma biezu dēli,
Danijelu uzlika
Augšpēdu uz biezā dēļa
Un ar virvēm piesēja;
Pēc tam viņu apsmiedami
Iestumdīja Daugavā:
"Brauci nu uz savu zemi,
Savu brāļu meklēdams!
Līdz ar tevi projām aizbrauks
Arī svešā ticība."

Briesmas, bailes nu visapkārt
Svešiniekus pārņēma;
Dzirdot šādus kara darbus
še no latvju varoņa;
Visi viņi, kur vien bija;
Nu uz Rīgu aizbēdza;
Meklēja tur paglābšanu
Domas mūros stiprajos.
Bet ir še pats bīskaps Alberts
Nejutās vairs drošumā,
Redzēja, ka viņa vara,

Baltijā drīz iznīcīs,
Ja tas vēl iz vācu zemes
Kara pulkus nedabūs.
Tādēļ tas ar kuģi brauca
Atpakaļ uz Vāczemi,
Gribēja tur lielus pulkus
Bruņenieku saderēt
Un tad jaunā pavasarī
Karu atkal atjaunot.
Tikām Rīgā savā vietā
Viņš nu Kaupu atstāja,
Kur še palikušos svešos
Apņēmās pats apsargāt.
Lāčplēs's, zinādams, ka zemei
Tālāk briesmas nedraudē,
Atlaida uz mājām ļaudis,
Palika pats Lielvārdē.
šeitan jauki ietaisījās
Abi tie ar Laimdotu;
Laimdota pa iekšu posa,
Lāčplēs's laukā strādāja,
Cietināja tēvu pili,
Saimniecību vadīja.
Koknes's arī devās mājās,
Līdzi ņēma Spīdalu.
Aizkrauklis tos pavadīja
Līdz pat pilei Koknesei.

Sirsnīgi ar dieviem teica
Lāčplēsim un Laimdotai;
šķirdamies viens otram draugi
Labu laimi vēlēja.
Vecais Lielvārd's pavadīja
Mājās draugu Burtnieku, -
Abi veči Burtniekpilī
Dzīrās kopā padzīvot.
Laimdota un Lāčplēs's abi
Nu priekš sevim dzīvoja,
Apbalvoti slavas darbiem,
Godāti no tautiešiem,
Še uz Daugav's jaukiem krastiem
Viņi tagad panāca,
Ko bij grūti meklējuši -
Mīlību un laimību!

*

Ziedon's atkal kalnus, lejas
Tērpa zaļā uzvalkā,
Atkal dabas dzīvinieki
Kustējās it modrīgi.
Tēvu zemei grūti laiki
Likās it kā bijuši -
Katris savās mājās steidza
Pavasara darbus sākt:

Arklus iesiet, griezes uzsist,
Sētas, žogus izlabot.
Arī Kangars bija laukā
Savā mazā dārziņā, -
Grieza zarus, mēja mietus,
Savu dārzu apkopa.
Viņa ģīmis izskatījās
Tagad ļoti saīdzis;
Tam bij arī notikušas
Lietas nepatīkamas.
Posts, ko bija palīdzējis
Tēvu zemē izplatīt,
Kā vispāri, arī viņam
Sliktus augļus ienesa;
Zemes ļaudis kā papriekšu
Viņa neapmeklēja;
Svešinieki tā pavisam
Nedomāja ievērot.
Bet par visu vairāk kremta
Sirdi vecam liekuļam,
Ka bij Lāčplēs's, tautas varon's,
Lielu slavu panācis
Un ka Spīdala bij brīva,
Velna nagiem izrauta.
Viņam vien bij jāsagaida
Moku nāve briesmīga
Un ar savu ļauno sirdi

Vientuļam še jādzīvo.
Tādēļ tikko neiztrūkās,
Kad, jau saulei noejot,
Kāda balss pie dārza vārtiem
Dobji viņu apsveica.
Galvu paceļot, tas dārzā
Ieraudzīja Ditrichi.
"Tiešām brīnos, ka tu reizi
Arī mani apmeklē,
Vai gan tev tais mūra pilīs
Apnikuši cepeši?"
Teica Kangars, viņu sveicot,
Pasmīnēdams spītīgi.
"Cepeši nav apnikuši,
Bet drīz viņu pietrūcīs,
Ja ar savu mākslas spēku
Nenāksi man palīgā;
šoreiz tevim solu visu,
Ja vien manim līdzēsi,"
Teica Ditrichs, izstāstīdams,
Ka pie Rīgas atnākšot
Ar jo lielu karaspēku
Bīskaps Alberts drīzumā;
Tomēr viss par velti būšot,
Kamēr Lāčplēs's Baltijā -
Bruņenieki nevarēšot
Vis šo zemi iekarot.

Tādēļ lai šis izmeklējot,
Kur tā stiprums pastāvot,
Un ka pretinieks kāds stipris
Varētu to pārvarēt.
Kangars teica, viņš jau desmit
Reizes esot sūtījis
Viņam ceļā milžus, jodus,
Bet tas maz ko līdzējis;
Lāčplēs's visus zemē kāvis,
Dzīvs no valgiem iznācis.
Ja tas tagad bruņeniekus
it kā lakstus kapājot,
Tad šim gan maz bēdas būtot,
Ja to citi apstākļi
Nepiespiestu izturēties
Naidīgi pret varoni.
Pats šis nezinot, ko iesākt
Tālāki pret Lāčplēsi;
Varbūt viņa kalpu gari
Došot kādu padomu.
Ditrichs ja par labu ņemot
Viņa prasto dzīvokli,
Tad lai kādu laiku šeitan
Viņa mājā paliekot.
Naktī ieslēdzās nu Kangars
Viens pats savā kambarī,
Pieteikdams, lai, ja ko dzirdot,

Ditrichs mierīgs paliekot.
Pusnakti nu cēlās viesul's,
Visa māja šķobījās,
Kambarī bij stenēšana,
Ņurdēšana dzirdama,
Tā ka Ditricham aiz bailēm
Mati stāvu sacēlās;
Tas sev meta krustus priekšā,
Noskaitīja pātarus.
Naktis trīs bez gulēšanas
Kangars šādi pūlējās,
Kamēr trešā rītā teica
Nopietni tas Ditricham:
"Nolādēta būs šī diena,
Noslēpumu atklājot;
Arī mēs kā nodevēji
Nolādēti paliksim.
Tomēr Jaunam būs jo projām
Darīt atkal jaunumu.
Tādēļ, manas dabas biedri,
Klausies, ko tev stāstīšu:
Lāčplēs's ir no lāču mātes
Dziļā mežā piedzimis,
Kur tā tēvs, kāds dievu svētīts,
Vientulībā dzīvojis.
Tas no mātes lāču ausis
Un ar' spēku mantojis;

Ja nu kāds tam lāču ausis
Cīnīdamies nocirstu,
Lielais spēks tai pašā brīdi
Tad ar' viņu atstātu!
Tagad ej, es esmu galā,
Pateicības negribu."

Lielus pulkus bruņenieku
Alberts bija atvedis
Atkal Rīgā un no jauna
Karu uzsākt rīkojās.
Viņu pulkā tagad radās
Ar' kāds tumšais bruņenieks,
Kurš daudz gadus vācu zemē
Laupīdams bij dzīvojis;
Stāstīja, ka viņa māte
Bijusi par raganu
Un caur savu velna skolu
Dēlu apvārdojusi,
Tā ka tam neviena brūce
Nebijusi nāvīga.
Šo nu Ditrichs izredzēja
Ņemt par savu ieroci
Un ar viltu neģēlīgu
Lāčplēsi tad samaitāt;
Arī Kaupu aicināja
Pie šī darba palīgā,

Apsolīdams dieva vārdā
Viņam debess valstību.

*

Kādā dienā abi divi,
Laimdota ar Lāčplēsi,
Sēdēja pie galda pilī,
Runādami dažādi.
Laimdota jau kādu laiku
Likās it kā skumīga,
Nebija tik naigi jautra
Kā no pirmā sākuma.
Tagad viņa kādu bridi
Palika it domīga,
Tad ar kustinošu balsi
Šādi runāt iesāka:
"Lāčplēsi, mans mīļais, saki,
Ko gan tas lai nozīmē:
Dažu reizi nenovilši
Skumjas mani grūtina,
It kā bailes sirdi pārņem,
Lai gan pati nezinu
Iemesla, par ko tā notiek.
Es jau esmu laimīga,
Ak, tik laimīga, ka baidos,
Vai tik kaut kas nenotiks,

Kas var traucēt mūsu laimi,
Mūsu dzīvi izpostīt."
Kamēr Lāčplēs's nepaspēja
Laipni viņu mierināt,
Vārtu sargs tam ziņu deva,
Ka aiz vārtiem jātnieki
Saucot, lai tos iekšā laižot,
Esot labi draugi šie.
Lāčplēs's skatījās caur logu, -
Tur pie vārtiem stāvēja
Kādi sveši bruņenieki,
Viņu pulkā Kaupa ar.
Lāčplēs's, zināms, nekavējās,
Lika vārtus attaisīt,
Saņēma tos it kā viesus
Visa goda cienīgus.
Kaupa viņam pavēstīja,
Nākot šie no bīskapa,
Par šīs zemes mieru runāt,
Noslēgt labu draudzību.
Lāčplēs's jau bez vajadzības
Nemeklēja karu vest,
Tādēļ tas ar labu prātu
Kaupa runās ielaidās.
Vairāk dienas svešinieki
Nodzīvoja Lielvārdē, -
Lāčplēs's viņus pacienīja,

Cik vien labi iespēja;
Izrīkoja dažas veiksmas,
Kara ciņus uzveda.
Tomēr Laimdota šīs dienās
Ļoti nemierīga bij,
Viņa nevarēja ieciest
Bruņenieka tumšajā,
Lai gan viņš ar glaimiem vārdiem
Pieglaudījās Laimdotai.
Kādu reizi, kad tie atkal
Kara cīņus darīja
Un bij citus uzvarējis
Drīzi tumšais bruņenieks,
Tas pie Lāčplēša ar gāja,
Izsauca to cīkstēties.
Lāčplēs's viņu atraidīja,
Labā prātā jokodams.
Par to šis it dusmīgs likās,
Atbildēja izsmiedams:
Laikam tikai nieki esot
Viņa lielā spēcība
Un, ko par šo agrāk dzirdēj's,
Būšot tikai lielība.
Lāčplēs's tagad nekavējās,
Viņam priekšā nostājās,
Un ar zobeniem jo smagiem
Abi sāka karoties;

Lāčplēs's tikai atgainījās,
Vēl ar to kā jokodams;
Bet šis ļoti lielu spēku,
Izmanību rādīja,
Kamēr Lāčplēsim uz reizi
Vienu ausi nocirta.
Lāčplēs's, par to dusmīgs ticis,
Deva tādu cirtienu,
Ka tam visas bruņas pušu
Pārcirta ar zobenu.
Asins sāka tecēt laukā,
Bet ar zobens salūza.
Bruņenieks, to ievērojis,
Cirta otru cirtienu
Un tam atkal otru ausi
Trāpīdams tas nocirta.
Nu vairs dusmām nebij gala,
Lāčplēs's vinu sagrāba,
Sāka tie nu abi lauzties,
Tā ka zeme līgojās.
Trīs reiz Lāčplēs's cēla augšām
Bruņenieku smagajo,
Trīs reiz pats tas streipuļoja,
Bruņeniekam speroties.
Klātbūdamie kara viri
Nobāluši skatījās, -
No šī skata viņu kājas

Bij kā zemē iemietas.
Lauzdamies tie tuvu bija
Stāvam krastam nākuši;
Lāčplēs's beidzot bruņenieku
Gāza dziļā nolejā,
Bet šis krizdams smagām bruņām
Norāva to līdz ar sev' -
Ūdens blākšķiens norībēja,
Viļņi augstu šļakstēja,
Un šie abi karotāji
Pazuda tur dziļumā!
Gaudu kliedziens ieskanējās
Mūra pilī šausmīgi -
Laimdota tai pašā brīdī
Beidza savu dzīvību.
Saules stari rietēdami
Bāli grima Daugavā,
Bieza migla izplatījās,
Birdama kā asaras;
Sēri krāca ūdens viļņi
Putodamā Daugavā, -
Viņi savā klēpi ņēma
Latvju tautas varoni
Un ap viņa guļas vietu
Cietu salu uzcēla.

Citi latvju karotāji,

Radi, draugi, tautieši,
Drīzi viens pēc otra krita,
Cīnoties pret pārspēku.
Svešinieki zemē nāca,
Bargi kungi valdīja, -
Tauta, viņu mīlā tauta,
Simtiem gadu vergoja,
Tomēr vēl pēc simtiem gadu
Atminējās Lāčplēša;
Tas priekš tautas nebij miris -
Zelta pili gulēja
Daugavā tur apakš salas,
Tuvu klāt pie Lielvārdes.

Laik' no laika laivinieki,
Braukdami pa Daugavu,
Pusnaktī redz divus vīrus
Stāvā krastā cīkstoties;
Pa to laiku piles drupās
Atspīd it kā uguntiņš.
Divi vīri cīnīdamies
Pienāk pašā krastmalā,
Kamēr beidzot tie no krasta
Ūdens dzelmē iegāžas;
Gaudu kliedziens atskan pilī,
Nodziest uguns gaismiņa.
Tas ir Lāčplēs's, kas te cīkstas

Vēl ar svešo naidnieku,
Laimdota tur pili skatās,
Gaida, kamēr uzvarēs.
Un ar reizi nāks tas brīdis,
Kad viņš savu naidnieku,
Vienu pašu lejā grūdis,
Noslīcinās atvarā, -
Tad zels tautai jauni laiki,
Tad būs viņa svabada!

www.ingramcontent.com/pod-product-compliance
Lightning Source LLC
Chambersburg PA
CBHW021121130626
46554CB00002B/799

* 9 7 8 1 9 0 9 6 6 9 4 9 9 *